PEIXE
BOI

jabuticaba

revista de prosa e poesia
editada por Ricardo Domeneck
n.1

editor
Ricardo Domeneck

design miolo e capa
Marcelo Lotufo

imagem da capa
Denilson Baniwa
da série ficções coloniais

logo peixe-boi
Marcello Sahea

revisão
Agnes Ghisi

ISBN: 978-65-00-32952-0

Revista Peixe-Boi
@revistapeixeboi

Edições Jabuticaba
@livrosjabuticaba
facebook/Edjabuticaba
www.edicoesjabuticaba.com.br

jabuticaba

PEIXE

B O I

a pre sen ta ção

NÃO SE ABORDA UM BOI NEM UM PEIXE COMO SE ABORDA UM PEIXE-BOI: UMA PEQUENA INTRODUÇÃO

Algum tempo hesitei, como o defunto Brás Cubas, sobre como começar a apresentação deste número da revista *peixe-boi*. Serei, para surpresa geral da nação, sucinto. Uma revista literária se faz com textos, e o editor espera e sabe que serão com suas próprias pernas que os textos selecionados levarão seus leitores aonde precisam ir.

Mas algumas explicações podem ser auxiliadoras. Eu me concentrei numa tradição específica ao selecionar os poetas. Vou chamá-la aqui, de forma simplificadora, de Tradição Lírica Brasileira. Tomando porém o substantivo "revista" que designa esta publicação, eu peço a licença para agora torná-lo adjetivo. Porque busquei uma tradição *revista*, de uma lírica *revista*, e mesmo este velho adjetivo pátrio, o brasileiro, busquei uma forma de *rever*.

Alegra-me muito, por exemplo, que ela se abra com sonetos do poeta russo Valério Pereliéchin, apresentado aqui como poeta brasileiro não apenas por haver se naturalizado, mas porque a publicação de *Nos odres velhos* (Rio de Janeiro: Achiamé, 1983) o colocou, creio, entre os mais importantes poetas homoeróticos do país. Sei que caio eu mesmo aqui numa velha armadilha nossa. Pois, se a escrita em língua portuguesa de Pereliéchin o faz poeta brasileiro, as seções chamadas "Em busca das outras línguas maternas" querem lembrar que nem só de pão lusófono viverá o banquete lírico nacional. Com poemas e canções oriundas da tradição ameríndia e da poesia ritual afro-brasileira, em suas próprias línguas – do Maxakali ao Kikongo –, pagamos nosso tributo às tradições não-europeias que alimentaram, não só o português falado no Brasil, mas nossa própria tessitura poética.

Entre estes, você poderá ler poetas de várias gerações e regiões que nos últimos anos têm sido minha alegria de leitor. Se nem todos estão vivos, considero todos eles nossos contemporâneos. Aqui você encontrará textos de grandes perdas recentes, como Maria Lúcia

Alvim, Victor Heringer e Eustáquio Gorgone. Poesia viva de autores que tristemente já nos deixaram. E dos mais velhos entre os vivos, Sebastião Nunes e Leda Maria Martins, aos mais jovens, Allan Jonnes e Caetano Romão, passando por referências pessoais em minha geração, como Dirceu Villa, André Capilé e Érico Nogueira, são todos poetas que respeito e admiro.

A seção de contos abre-se com dois dos maiores autores *queer* do país nas últimas décadas, Harry Laus e Silviano Santiago, e segue com autores que têm se destacado neste século, como Edimilson de Almeida Pereira, Gustavo Pacheco e Veronica Stigger, até prosadores que começam a deixar sua marca entre os mais jovens.

Ao fim, tudo o que espero é que estes textos tragam prazer literário. Este prazer difícil de definir, que ocorre quando se vê na linguagem algo mais do que uma ferramenta.

Ricardo Domeneck
Berlim, outubro de 2021

pei
xe

VALÉRIO PERELIÉCHIN

O CANHOTO

— "Assim não dá! Tu deves escrever
Com outra mão, ou ficarás sem nada.
Qualquer mister, tarefinha qualquer
Para o canhoto é cousa complicada.

Viver é bom—somente para quem
Se mistura com outros, não se isola,
Que, caminhando aqui, não olha além
Do seu trabalho, do bife, da bola.

Há graça nos bailes de carnaval,
Na conversa leviana sem mistério
E no puxar a mulher do rival
Pelos alegres bosques do adultério."

— Bem entendi, que homem normal é rei,
Mas sou canhoto, e o continuarei.

ACRÓSTICO

Daqui a um mês, eu estarei de novo,
Apaixonado, vulcânico e fiel,
Na fazenda, com todo aquele povo —
Incontentável, como o chupa-mel!
Espera-me, que volto e te comovo,
Lambendo o melado de teu tonel.

O CANIBAL

Sou canibal. Começarei a festa
Por Paulo que parece um jovem rei:
Cortando o seu corpo, eu me vingarei
Desse, que me despreza e mais detesta.

Chega? Mas não, que a faca seja honesta!
Vem cá, Francisco, não te eximirei:
Andas também redondo como um frei
Que almoça bem e dorme bem na sesta.

E há mais um que se chama de Livanos,
Magro para os seus vinte e tantos anos –
Doce na sobremesa, eu o pressinto!

Três carnes, três tamanhos, três sabores,
Pregusto-os com o meu olhar faminto,
Quando se afastam pelos corredores.

NÃO SOU ESPELHO!

Invejo os observadores tranquilos,
Os indiferentíssimos espelhos,
Que refletem as raposas, os coelhos,
Os bois, os javalis, os crocodilos,

O bricabraque de quaisquer estilos,
Os torsos belos, os distritos joelhos,
Os brancos, pretos, pardos ou vermelhos,
Os pênis e os ridículos mamilos.

Quem dera, eu fosse também espelhado,
Testemunhando pureza e pecado,
Captando a ti, amálgama dos dois.

Mas tua sombra não fugiu ligeira:
Já tão distante, no arranhão me dóis,
Invulnerável aos anos e à poeira!

O SEDUTOR

– "Será o Olimpo a tua digna sede:
Um novo imortal, tu dominarás,
Companheiro de Zeus, na eterna paz,
Cai Hebe, é Ganimedes quem sucede."

Escutando a mensagem da águia, cede
Aos argumentos o belo rapaz,
Abraça-a, nem olhando para trás:
Uma carona, então? Nada me impede!

Para os jovens das obscuras aldeias
Tenho um estoque dessas epopeias
Que ilustram habilmente o meu assunto.

Mas, quando a fábula não surte efeito
E o candidato se recusa ao leito,
Convenço-o com Cinzano e com presunto!

OS DESTINOS

Lúcifer, arcanjo teimoso,
Pretendeu subverter o Plano.
Na terra, não menos odioso,
Eu luto, sagaz e leviano.

Ele desliza, livremente,
Nas escuridões do começo;
Eu, perseguido e contente:
Pagaremos o mesmo preço.

Cairemos no submundo cavo,
Já sem forças para lutar;
Lúcifer – do círculo oitavo,
O imitador – do oitavo andar!

MARIA LÚCIA ALVIM

poemas do livro inédito *Rabo de olho*

DOIS JANEIROS

a Pierre Bettencourt, *dans le jardin de Stigny*

Que vale o corpo?
Vale o suporte.

Bobo da corte
Ou boi de corte.

Corpo é engodo
Porco p'ra engorda.

I

Saskia de costas
Vira-me o rosto

Sinto-lhe a dor
Dobrar-lhe o corpo

Titus e eu
Nos revezamos

E a Ronda passa
Driblando a noite

II

Cesto de palha
Mecha dourada

Pote de barro
Lenha passada

Côdea de pão
Estigmatizada

Corpo é flúor
Sombra de aguada.

III

Estrela do mar
Anadiomena!

A mais antiga
A mais distante

Rastro de espuma
Ar ondulante

Volte a brilhar
Em minha fronte!

SONETO DA RODA DA FORTUNA

São dias moribundos. São cascalhos.
O perfil do Selado contra o muro.
São olhos salientes. São calombos.
São obras do demônio. São restolhos.

São telhas, são tábuas, são tijolos.
(Mas não há Salvação, não há Retorno).
São cachos e mais cachos. São miolos.
Rosas brancas, brancas. São uvas roxas.

São paixões. São criações. São calafrios.
A ponta dos pés. A muda dos pássaros.
São pregos. São pragas. São atavios.

Somos nós entre os cipós. Somos nus.
São fossas, são fiapos, são ferrolhos.
São lagartixas mortas, ou são folhas?

DERRUBADA

Entre a crista do galo
e a crista do morro
havia
um latejar de címbalos

MANDALA

Sei que um leve sopro me deitará por terra.
Entre as flores, olhando uma rosa fanada,
Foi quando vi o sol, de uma navalhada,
Deitá-la ao chão. Ó ciosa Rosa que me aterra!

PENÉLOPE

Tudo que vi
àquele bordado
prendi

Tudo que sei
ficou de lado
passei

Tudo que sinto
é simulado
minto

Tudo que penso
é mastigado
infenso

Tudo que sonho
é emaranhado
bisonho

Tudo que amei
foi adiado
cansei

Tudo que fiz
desfiz por querer

SEBASTIÃO NUNES

Não sopra,
sequer com brevidade,
no compungido **cu**
da austera **senilidade**.
(Tri & du)

Não venta ânus

Exibe-se ao **comprido**,
embora ali **parado**.
E, ainda que nunca voe,
é **rodante afamado**.
(Duni & tri)

Alto imóvel

Bela como jamais,
eis a pintura de **Goya**
fulgurando **quieta**
como **majestosa** joia.
(Duni & tetra)

Maja estática

Passeia de **crânio pelado**,
sem o menor temor,
sob o **andor de galinhas**
(sem o po),
o valente **montador**.
(Du & duni)

Calva leiro

Deposita no vaso,
com música indolor,
as **hastes de medição**
das terras do **ditador**.
(Duni & du)

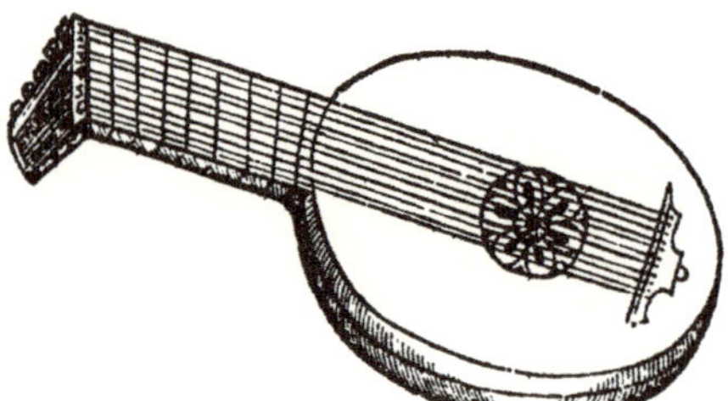

Caga-réguas

A **roupa da laranja**,
disse a **muito antiga**,
nada tem de amiga
e é pior do que **serpente**.
(Duni & du)

Casca velha

Falece o sertanejo,
num rompante,
só de ver as **nádegas**
da noiva **agonizante**.
(Duni & du)

Morre bunda

Com seu **rosto** tão feio
é indivíduo bem mau:
deve viver de **hortaliça**,
dormir debaixo do **pau**.
(Duni & du)

Cara alho

LU MENEZES

ESPELHO NOSSO

Espelho, espelho nosso,
me diga em quantas tantas
matérias de ti diversas
a tua imagem se multiplica?

Fascinante, em setecentista
cena com mulher e penteadeira,
certo espelho de azulejo
num azulejante museu de Lisboa.

Intrigante, essa artista oitocentista
que em sua casa com certeza teria
uma penteadeira onde mirar-se "inteira".
Seu próprio rosto era sempre o que pintava.
Todavia, refletido, comprimido em coisas
tais como panela de cozinha
maçaneta da porta
torneira da pia.

Espelho, espelho nosso, me diga:
será protofeminista o pincel não-"feminino"
dessa autorretratista?
Clamaria ela em surdina ser só
o mínimo, o máximo que lhe caberia?

EUSTÁQUIO GORGONE

ACORDO

em assembleia, os fungos
chegaram a um acordo.

fiéis aos códices d'amor,
preservariam a memória
de qualquer felicidade.

também davam à má-sorte
uma página em branco
para escrever a sua história.

ANIMAIS Q. SONHAM

como os animais q. sonham,
iniciamos uma romança.

das montanhas laicas vieram
o feno para o nosso alimento.

a traças doaram as marcas d'água,
e os touros ajudaram a cavoucar
a nossa incursão nas palavras.

era uma romança de amor cortês,
feita apenas de febre terçã.

como os animais q. sonham,
fomos levados ao matadouro.

AS LEPISMAS

por maus-tratos aos livros,
as lepismas foram expulsas
da biblioteca de Dom Viçoso.

saíram à procura de novo reduto
e logo foram perseguidas pelo sol.

temendo morte iminente,
retornaram à casa dos papéis
onde assinaram uma trégua:

seriam tolerantes com os poetas,
deixando por conta do tempo
a destruição de suas obras.

DEFESA

no tribunal, a suindara defendeu-se:
lia a casca sagrada/
o lodo, a nervura das folhas,
a forma das nuvens, lia/
as sombras no fundo da cisterna, lia/
dentro dos jatobás, lia/
depois de prensada a uva, lia/
e mesmo os livros queimados,
as cartas rasgadas, os bilhetes, lia/
até o polvilho lançado no ar, lia/
e o sêmen das estátuas de bronze, lia/
a cola trincada, as manchas,
o rastro das taturanas, lia.

apenas não lia o céu das bocas.

HORÁCIO COSTA

PAYSAGES ROMANTIQUES

Consigo imaginar Nerval sendo fistado
por um dominador e sem muito cuidado.
Delirará Nerval? enfarar-se-á o *stud*?
Pernas abertas, um; braços cansados, outro.

Os garotos de programa têm em comum
com poetas delirantes o não possuírem
inscrições na Previdência, seguros para o além.
A cena imaginada se passa entre atores

de grupos sociais que nem por excluídos
do mercado do trabalho divertem-se
–e/ou fatigam-se– a seu modo e prazer.

Que a primeira pedra atire quem não morre
de inveja: um lindo cu ao ar, branquinho
como o delírio no poema, e sexo *hard*:

se belo é de ler, melhor experimentar.

Osasco 27/01/2021

ERBARME DICH

Illo tempore
já soube o que queria dizer
Erbarme dich
da Paixão segundo Mateus de Bach
mas a memória desgastou-se
Agora dependo da tradução que encontro
no *YouTube*
Senhor   tende   piedade de mim
nesta manhã de domingo
aqui escrevendo com caligrafia negra
sobre página branca
se existis Senhor
tende
tende piedade de mim

escrevo o seu nobre nome em maiúscula
nunca o fiz antes mas sim
tende
sim
piedade
nesta pandemia
de mim
sofro suores noturnos
para mim
volteai vosso olhar
se fordes misericordioso
mas

a porra da tradução não está
na segunda pessoa do plural
e
para pedir piedade
a um Deus misterioso
não se lhe deve tratar de tu
é falta de decoro
tutoyer le Tout Puissant
é algo que me escapa
semelhante informalidade lingüística

eu posso pedir ao chofer do *Uber*
que terá que levar-me ao hospital
São Luís do Morumbi para
que ele tenha piedade de mim
se não houver ninguém mais para me acompanhar
tratando-o de tu ou você
para que
em abstrato e no caso de eu estar febril
me leve a submeter-me aos primeiros
cuidados médicos para a COVID-19
que parece de todas as maneiras seriam
inúteis
talvez até mais inúteis do que
pedir ao Todo Poderoso que me escute
em minha súplica para
que de mim tenha piedade e
que se condoa desta vida humana
terrificada de medo do contágio
a caminho do 67º aniversário
de sua estância terrena

o uso do tu está *OK* para o *Uber* mas para Deus
não o Deus do *Uber*
ou o Deus do *YouTube*
e sim o Deus Deus
deve-se portanto dizer
em português creio eu
Tende vós Senhor tende
piedade deste que se desperta
em um país doente e ímpio
para mais um dia de notícias
péssimas
devido a uma ordem
péssima
e um governo
péssimo

Tende piedade de nós Senhor
neste vale de lágrimas

Osasco, Domingo de Carnaval 2021

LEDA MARIA MARTINS

MNEMOSINE 2

com Bandeira, Haroldo e Henriqueta

ouvi
quando amanheceu
o canto das lavadeiras
madrugada afora
virando rio

os resíduos do verbo
tecem franjas na memória
tessitura imaginária
de estranho e familiar desejo

toda história é sua invenção
qualquer memória
um hiato
no vazio

e nos subúrbios da noite
eu faço versos como quem cisma
sons miragens
silêncios e vãos
delete o poema
se não tens agora
do pranto
nenhuma razão

eu vi quando amanheceu

a luz que ruiu foi assim tão tênue
o acorde que se ouviu foi assim tão breve
que em si mesmo se perdeu
e vi quando escureceu

de desencanto meus olhos
turvarão
o coração distraído
não

O MENINO E OS DIAS

para Marco Rodrigo *in memoriam*

nas aragens
veleira
entrelinhas
o menino
e seu equinócio
o menino
e os dias

o livro do velho
em salivas o menino
desfolha
quantos anos o menino?

ainda não sofre
o menino
alheio à dor inquieta
que ainda de si
não se sabe

amanhece nos solfejos
o menino
arisco
ferindo no ar
um punhal de rabiscos

o filho em devires
respira
quantos anos o menino?

voltejam sutis
as horas
curvadas de tempo ›

› no cômodo
escombro da sala
a mãe da mãe entre bordados
morta
lá fora o remoinho
astuto
vela
quantos anos o menino?

do livro a capa
encardida
em folhos
flanela
quantos anos
o menino
em devires
inda espera?

vórtices
voragens
e trevas
quantos anos o menino
nas espirais
expira?

quantos anos o menino?

POETA PRIMEIRO

para Adão Ventura *in memoriam*

O poeta primeiro
risca na pele
a cor escrita.

O que anoitece o poeta?

Será a cor um destino
um defeito
um malfeito
um malefício
um feitiço
uma sina?

Ai que dor
ai que dor
ai que dor
no teu coração
ai que dor!

Ou será a cor um arrimo
um preceito
um manifesto?

Na pele a palavra atenta
árida
às vezes lume
às vezes trevas
arde
e não repousa o sono.

O poeta primeiro
com olhar de velho preto
mesmo quando ainda moço
é altivo isidoro.
Dispara justiça
em comarcas e roças ›

› onde também bate ponto.
Por onde andavas tu
poeta primeiro?

Fui catar ventos
rechear palavras ocas
limar versos
em outras cercanias
me pintar de luz
amolar a foice
cortar garrotes
que lanham na morte alheia
a própria morte
nossa consorte
sorrateira.

De que sofre o poeta?

Da moça
que dele a cor recusa?
Dos apartes do mundo
que lhe deixam mindinho?

Seu vovô teodoro
sua vovó justina
sua bisavó mãe zefa
sua mãezinha bastiana
seu papai maçambique
sapateiam no pé de coroa
cantareiam nos pés d'ingomá.

Ô lelê
Ô lá lá
bilros tilintam no ar
nossas tantas africanias.

Foi no serro
que aprendestes a versejar?
Temperar o sol
e o salitre
destravar a língua
abrir tramelas?

Na fazenda de mata cavalos
há uma rua onde se trançam cabelos.

Quem vem lá, teodoro?

Vestido de biribiri
vem o poeta primeiro
rimando cantarias.
Cercado de muitos pretinhos
todos ternos
todos tintos
vem fazer maravia
vozear a dor ardente
cortejar reminiscências
com os reis das folias.

Podeis muito
poeta primeiro.
Nessas palmas e ares
inda incendeiam galdinos
inda matam nossos sobrinhos
mesmo depois de mandela
mesmo depois...

Este um teu testimento.
Tua palavra adâmica
timbrada em esmeril
pura de escamas
ainda soluça
ainda lavra
ainda acena
haurida na forma
que se quer teu sinônimo
mesmo que te quisesses anônimo. ›

› Mouro,
és nobreza de açucena
tudo em ti
gravita
embeleza
e se emblema.

És poeta primeiro.
Em tuas sonâncias
e *orikis*
hoje de saudades
tremo.

JOSELY VIANNA BAPTISTA

FÁBULA: NA TELA RÚTILA DAS PÁLPEBRAS

Você vê?
No alto dessa escarpa há conchas,
restos de sal nas brechas,
asteróides marinhos.

Um canto não se forja
como uma rocha incandescente
que se dobra sobre si mesma,
sem artifícios.
Uma sílaba não guarda em si
sedimentos de mares extintos.
Que águas filtra, por exemplo,
a palavra *chulun*?

Vê o enorme arco de pedra
que se vergou sob o peso do basalto?
Sedimentos de marés inumeráveis
estão na origem desses afloramentos
de arenitos castanho-avermelhados.

A palavra mais leve
não se pulveriza em arenitos arcaicos.
Nem se arvora em caçadora,
sempre de lança em riste
para arpoar argila
em margens férteis de formas.
Tente marcar com uma lasca
de giz, de creta, de greda – ou barro branco –
o caminho de retorno de um labirinto
que nunca para de mudar seu traçado.

Não vê o roteiro dos rios
correndo para o oeste?
O sol sombrio arborescendo avessos
no burburinho dos arroios?

Por acaso a palavra *llaillai*
guarda o murmúrio dos rios em treliça
que correm em desfiladeiros, sobre lajeados?
Vê esses relevos onde afloram
escarpas e veios pétreos?
Grão por grão, de areia,
pólen, poeira ou matéria fóssil,
surgiram sobre deltas criados
pelo acervo de muitos rios entrelaçados.

Ouve o vento nas fendas,
entre as falhas da furna?

O vento não fala nenhuma língua.
Sol crestado. Chuva árida.
Cürëv. Solo ríspido.
Faz sua ronda, obscuro,
entre fronde e fronde, muro e rochedo,
como um eco que tentasse
corroer o silêncio.

E a rajada que espalha sementes
e faz dançar as bagas,
as favas de cores quase mudas
antes da chuva?

As letras que o acaso reúne
em suas fieiras não significam nada
para si mesmas; nem ao menos se vêem
como enigmas, em sua cegueira.

E esses frutos com pigmentos
azuis, vermelhos, violetas,
e essas flores que oscilam
de um fulvo turvo a um ouro velho,
aglomeradas em torno de seu caule?

Pequenos globos prudentes, *chod*,
sem a beleza instável dos pecíolos
nem hastes leves que sob o temporal
as lancem à dança.
Sem pétalas lancinantes,
sem lances de alegria.

Como descrever o veludo dessa flor
– desse novelo feito de minúsculos velos
em tons de seco que é essa flor?

Traços, sílabas, sons são reféns
e órfãos de coisas não-nomeadas.
Que língua pode abrigar um broto
em seu instante de surto,
e significá-lo?
Sob o Sol o rio ascende em nuvem,
que descende em chuva,
que mergulha na Terra
(em suas grutas fundas)
e depois sobe em neblina,
propícia para semeaduras.

Percebe essa pressa dispersa na relva?
O cheiro de onça na aragem,
na brisa e até na ventania?
O cinza esparso nas asas do sanhaço?

Vozes e línguas não se juntam em roda
para uma dança rupestre
inscrita na sombra de uma lapa.
Pedra polida, pedra lascada – pedra.
Antes de ser cerâmica
a argila não se imagina corrugada,
nem urna funerária.

De que lugar você fala?
Sob esse solo raso e arenoso
hibernam bulbos,
sob esse charco podre
se emaranham gemas de rizomas,
lugares onde tudo pode ser um começo,
frutos de futuros.

Da fumaça da fogueira,
dos papéis de casca de figueira
onde arde o sangue da língua ferida
por uma corda farpada
poreja em espirais
a visão de tudo o que inspira
e do que não se pode ver.

Vejo os vestígios
de um guará que se esgueira entre touceiras,
suas pegadas recentes
sobre o magma antigo.
Um ar alvoroçado roçou a pelagem do jaguar.

Rimas são como armadilhas
primitivas. Escamas de granizo,
simetria de prismas pobres,
sem nitidez, bordas borradas
– apenas desenhos de devaneios,
rios de delírios, ritos vazios.
A pedra, a água, o vento,
tudo tem seu espírito.

O tempo mudou de lugar?
Vejo na borda do itaimbé o ninho embaraçado
de um andorinhão-de-coleira.
E na várzea o refúgio vulnerável do inhambu
– as penas de seu dorso
de um cinza-oliváceo quase andaluz.

Como a memória.
Do alto da cordilheira andina
onde vivem os *Pewenche*, o povo da araucária,
migra a águia-chilena
para fazer aqui sua invernada,
nas relíquias vegetais desses campos,
entre os pinheiros-do-paraná.

Não vê o poente que cobre de cores
aquela ave com penas rajadas
de vermelho e preto,
ou aquela com penas de um verde-bronze
profundo, suas pernas anegradas
e o dorso estriado de branco? ›

› Certos pássaros têm penas
que se alteram conforme a cor
da terra de que se impregnam.

Sinto o rumor nas fraturas da rocha,
o lençol de organza sanguínea
sob as pálpebras cerradas.
No alto dessa escarpa há conchas,
restos de sal nas brechas,
asteróides marinhos.

Rios e abismos não demarcam
[fronteiras.
São caminhos.
No céu as constelações se movem
[como águias,
onças-pintadas, pássaros nômades.
Nada está fora do lugar.
Você vê?

JUSSARA SALAZAR

CANTO NEGRO

Ai meu coração de sombra azul
onde navegam barcos de granadas
cruzando velas rotas de luz
pelo facão dourado de um sol corsário
MAR | DEBORAH BRENNAND

I

MÃOS DE MENINO

um vento bateu as portas
era mi negro que vinha de luanda
um vento doce assoprou o ladrilho
era mi negro desfiando seu ais
um vento negro
um vento perfumado
um vento defumado
eram as ervas
ardendo no oratório
que o vento lamentou
que o vento cantou
era mi negro
macerando óleo
eram mis negras
eram-me
eu era
a errática sombra de verão
recortada sobre a parede
pátinas rubras marcadas
um vento aveludado abriu a mão
    era antônio
o de nome santo
e pés leves ›

› era antônio
despertando a casa
vindo do outro lado
era mi negro
meu pássaro menino
abrindo as asas
adoçando o peito
que um vento quem sabe
te traga
    ela dizia
era antônio
mi negro
era su casa

II

PÉS SOBRE A MATA

cruzando os passos
com pés leves
cruzando os passos
com pés enfeitiçados
ela
era um cortejo
entre leões e frutas
    um pasto
cruzando o terreiro
os pés leves
    eram quase patas
    antigas
    folhagem e sumo
de um chão passado
tingido
úmido antigo
chão espraiado
semeado
por goiabas apodrecidas
lajotas retorcidas
punhais marcados
cruzando os passos
ela era a negra carne
    a árvore
    que se deita
    para parir
    era a ave
árvore faminta ave
  iroko!
folhas tramando a mata
pássaro trançando a renda
menina-pássaro
cruzando os passos
ela era raiz
firme sobre a relva
nascida da mata de facas
a rosa negra
    sejamos tua casa
    oremos tua reza

III

CALUNDU

no claro-escuro da tarde eles chegavam
com pés largos e corpos antigos
    troncos enraizados
    chão de alpendre
    vozes de outro tempo
de um falar rouco
macio
como alento
para recordar navios
perdidos porões
mares latidos
um falar de tramas
para desfiar a palha
para traçar a palavra
para fugir do passado
    um falar negro
    manso
    de tambor tocado
no claro-escuro da tarde eles chegam
com palavras sopradas do mar
o mar de longe que os cuspiu
sem sereias e cantos de odisseu
o mar de perto que os pariu
    "tinir de ferros, estalar de açoite"
    um mar da noite
agora suas falas vivem
ao pé da porta da casa
no claro-escuro
da tarde que os guarda
e sustenta seus pés
negros
sem esmo nem amarras

IV

A CAMISOLA DE DANDARA

Se a vires
manda lhe dizer
que a camisola de algodão vivo
aguarda sobre a cama
lavada
como manto de rainha antiga
perfumada
como fruto selvagem
sua carne sua trama
        [sem feridas
        as cicatrizes fechadas]
se a vires
avisa-lhe
que a camisola de algodão vivo
dormiu no varal dos ventos loucos
dos cipós e das feras
das garras afiadas
sem flores nem vela
e se a vires
e ao cabelo dela
penteia os fios
desfia cada trança
que o tempo fiou
e a lavoura dos ventos loucos
        vento selvagem entre as folhas
desmanchou
se a vires frente ao espelho
        cabelos esvoaçados
        como capim no pasto
desfia aquela loa cantada por Urd
tecida no algodão ao pé da goiabeira
como um pássaro que surge do passado
reza a linha
que floresce das mãos
um bordado sem punhais
sem correntes e amarras
        um lenço alinhavado
        cambraia negra
        camisola
        de dandara ›

› se a vires
que tua daimon
cessa a tempestade
que um canto
soará do nada
um corpo
papoulas
plumas ao vento
        esgarçada palavra
        ata
        seu cabelo
à costura
das mechas ao tempo

V

PENÉLOPE

ergue a bandeira negra tecida
                [na noite
PENÉLOPE
desfia a bandeira negra tecida
                [na mata

Água rasa
    Água mansa
Água brava

Ergue olhos negros para a
                [infância
Um santuário de toalhas
                [ao vento
Pés folhas cacimba silêncio

E tu?
Ergue tua fiada
Que tua penélope dança
Casa areada
Festa de tempo

Água rasa
    Água mansa
Água brava

EM BUSCA DAS OUTRAS LÍNGUAS MATERNAS: MBYA-GUARANI

Ayvu rapytarã i oguerojera i mavy ojeupe;
mborayu peteî oguerojera i mavy ojeupe;
mba'e a'ã peteî oguerojera i mavy ojeupe,
ochareko iñomá
mavaêpepa ayvu rapyta omboja'o i anguã;
mborayu peteî i omboja'o i anguã;
mba'e a'ã ñeychyrõgui omboja'o i anguã.
Ochareko iñomavy,
oyvárapy mba'ekuaágui,
okuaararávyma
oyvára irûrã i oguerojera.

EM BUSCA DAS OUTRAS LÍNGUAS MATERNAS: MBYA-GUARANI

Tendo aflorado, a sós, a fonte da futura fala,
e desdobrado, a sós, um pouco de amor;
tendo criado, a sós, um breve som sagrado,
ele refletiu longamente
sobre com quem compartilhar a fonte da fala;
sobre com quem compartilhar o amor,
com quem partilhar as fieiras de palavras do som sagrado.
Depois de muito meditar,
com o saber contido em seu ser-de-céu,
e sob o sol de seu lume criador,
desdobrou-se em quem refletiria
seu ser-de-céu.

–*Ayvú Rapyta*

tradução de Josely Vianna Baptista

RICARDO ALEIXO

CANTO PARA EWA

Senhora das cores
da vida
e do mundo
encontro do céu
com terra e mar

Dona das passagens
entre o que
todo mundo vê
e o que só ela
e ninguém mais vê

Ewa Ewa Ewa
deusa que muda de forma
quando quer e que quando
quer muda a forma
de tudo ao seu redor

A que virou água
para saciar
a sede dos filhos
e que enganou a Morte
em favor de Orunmilá

Ewa Ewa Ewa
toma conta
da
minha
visão

Ewa Ewa Ewa
Mulher-neblina
me ensina a ver
melhor dentro e fora
do meu coração

PLINIO FERNANDES TOLEDO

TELÚRICA

I

A terra não é plana,
Mas chata:
Lisa como
Seus cabelos
E de dimensões
Exatas;
Gira em torno
De seu furo
Central
Em volta
Do qual
Perfaz
Sua meta:
Não translada
No espaço,
Não orbita
Como esfera,
Gira como
Um prato,
Ou um gato
Que se enrola
Ágil sobre
O novelo.

Assim passam-se
Os anos
Assim se
Move meu
Mundo
Plano; ›

› Nele velo:
Tanto faz se
No topo
Do mundo
Ou na
Sarjeta,
Na borda da terra
Ou nos
Arroubos do
Poeta,
Quem pensa
No formato
Do planeta
Erra,
Pois o corpo
Da terra
Realiza um
Só Giro
Do qual
Tira todos
Os efeitos,
Num movimento
Perfeito
Base firme
Para o
Farol
Que lança
Luz
Em
Nossos
planos
Dando
Voltas no céu
Sobre as ›

› Cabeças
Acima dos
Enganos.

II

Mas afinal,
No campo
De batalha
Entre
O Bem e o mal,
Não estamos
Sentados
Na borda
Da planura
Ou no alto
Da esfera:
Nem em cima
Nem em baixo;
Na neblina
Estamos todos,
Lutando
Para subir
Uma colina.

DORA SAMPAIO

VIA NEGATIVA

professo a antilogia
como quem escreve
na parede
observando parágrafos
e outras pausas de fôlego
abstrato e natural

a linha branca que
sustenta a narrativa
sobe um pouco
desce um pouco
o laivo
se expande
aqui e ali

os espaços são
claros
desiguais
e pintam
de sons provisórios
o cão que
atravessa a ponte

[ESTE NOME DE MUNDO]

este nome de mundo &
de céu
nasce na marinharia
na sua rede de histórias
e espelhos

todos os
seus amantes
sabem dessa
mudável língua
de fogo
que se prepara a cada dia

poros
e pez
se alimentando
de um
desespero
muscular
caldoso
e completo

UM GOSTO

sou pré-minas
gerais
pré-westfaliana
pré-canibal

sem penas
e ritual

no
grande abaporu
vejo
bordas sem
barco sem sexo

seu retorno
brasílico
vulnera
no próprio ventre
novas formas
de reinvenção

COMEÇAR E O FIM

o nervo da questão
se agita
em cada vida
exposta à luz

como se soubesse
descer montanhas
e fazer subir estrelas

a morte vem e cria
o problema
fazendo crescer
o cabelo da
medusa

como nos
despedirmos
do corpo
desejado
a que damos o
nome de
isle joyeuse

ELIANE MARQUES

de O POÇO DAS MARIANAS

3

"as de cabelos nem tão mansos"
em que o dia reclama a noite pelo nome têm presas
e pouco reusam o amálgama epidermante na laguna funda
se assentam profundas na fundura d'água que se derrama

14

que craquela
como enfeite
não como a manjua
para que a lama de suas frontes
lamenteie
a língua do agueiro que acaba por cuspi-las

32

o dibato abafado de cortina batida paramenta de aparato
à ribeira das canelas o bramido com o calcanhar o misipo
aos diques ofertório das filhas

38

tufos tão negros quanto búzios dédalo na palmeira de suas mãos
os artelhos de suas sandálias
se assolam ao entulho que os acolhe
solas
pastoreiam o inchume que vem de fora sorvem enquanto sacodem os farrapos
assim se faz a roda

DJAMI SEZOSTRE

AS COUSAS

Os rincões, os grotões, os aluviões,
Os girassóis, os lençóis, os urinóis,
Os andarilhos, os sarilhos, os filhos,
Os luzeiros, os meeiros, os rendeiros,

As lampreias, as traqueias, as medeias,
As faulhas, as gralhas, as gravilhas,
As perineias, as fauneias, as limeias,
As endívias, as trívias, as avívias,

Us onns, us ionns, us gavioens,
Us geenas, us geeras, us hederas,
Us rãs, us lãs, us cãs,

Es edra, es idra, es ira,
Es coan, es cain, es jian,
Es aa, ee, oo, uu,

Iiiiiii Iiiiii Iiiii Iiii Iiii Iii Ii I

ORUNOMATOPEIA

Oiro e eu sou oirio de onde vim
Só eu vim e ninguém vim feito eu
O chio chiioo chiiiooo a rês bate
O chio chiioo chiiiooo ah riachos
Assim se chio eles chiam um chio

Eu chupei o que chupei e chupei eu

Assim se chio eles chiam um chio
O chio chiioo chiiiooo ah riachos
O chio chiioo chiiiooo a rês bate
Só eu vim e ninguém vim feito eu
Oiro e eu sou oirio de onde vim

O CERVO

Definitivamente, ouvi essa palavra,
E quando ouvi essa palavra – definitivamente,
Eu, então, feito um mineral – uivo
Eu, então, feito um vegetal – uivo
Eu, então, feito um animal – uivo

Desaparecer, a nódoa feito um verbo –
Assim volátil imaginei ser ela a nódoa
Não exatamente a frauta e frecha, mas
Imaginei além da frauta e da frecha, a
Nódoa e o nó da nódoa – afinal,

O meu pai, feito um cervo!

MAKE IT NEW

Exemplo 1

Esta, por sua vez, a minha vez
Eu vou gritar e vou gritar um grito
Que ninguém gritou, se alguém
Gritou o grito que eu gritar, eu
Nunca mais vou gritar, *make it now*

Exemplo 2

Esta, por sua vez, a minha vez
Eu vou trepar e vou trepar um trem
Que ninguém trepou, se alguém
Trepou o trem que eu trepei, eu
Nunca mais vou trepar, *make it now*

Exemplo 3

Esta, por sua vez, a minha vez
Ou eu vou gritar ou eu vou trepar
Ou um grito ou um trem, *make it new*,
Que ninguém ou gritou ou trepou, se alguém
Ou gritou ou trepou ou o grito ou o trem
Que eu ou gritei ou que eu trepei, eu
Nunca mais vou roubar, *make it new*

Exemplo *PRAVDA*

Eis, então, *pravda.*

MARCELLO SAHEA

JORGEANA BRAGA

[O SILÊNCIO DAS COISAS QUE NÃO ACONTECEM]

O silêncio das coisas que não acontecem
Luzes da cidade em pontinhos miúdos
O gato some na esquina da rua
Abaixo
Bonequinhas de palito enfeitam o chão
Amanhã não sei o que significa
(existem lugares de passividade lugares de atividade)
Sempre me pedem para ser ativa
(isso serve a qualquer coisa)
O corpo aquecido adornado por velhas (mas bem antigas mesmo)
Lembranças.
Sobra 1 tempo
Sobra 1 fé inusitada
Quem é antiquário dentro desse movimento
Quem amola a larga escala
Escuto mulheres que ninguém quer...ser
Da outra vez me senti feliz
Desta vez
Desapareci.

[TENHO MEDO DAS MULHERES DE ÓCULOS GRANDES]

Tenho medo das mulheres de óculos grandes
Elas atravessam a rua em segredo.

Os passos são azulados como os cadáveres da sala de anatomia.

[MÃOS EM CONCHA]

mãos em concha.
mãos sobre o peito.
refeição
os guias as guias
a breve sensação que se eterniza no vento
ser inundada e não saber como nadar
andar sobre as águas disse o filho do homem
agora entendo.

[A FLORESTA SORRI NA DESCIDINHA DE CASCALHO DO RIO]

a floresta sorri na descidinha de cascalho do rio
ouricuri
jurema travosa pé forte no chão
tum tum tum
conexão com a terra o pé a terra o pé a terra o pé aterra
nos caules ocas pequenas
dava para entrar miudinha no tamanho
água caindo índios sem penachos
as pinturas se tornam borrões
entre as pernas
a chuva mistura tudo
sangue e urucum.

DIRCEU VILLA

a polícia montada passa sob a minha janela

as patas da polícia montada lá fora, que
sob as folhas das árvores estalam como
duas metades de um coco, uma contra
a outra. e dizem que os nativos, ao ver

homens montados, pensaram no que os
gregos chamaram *kentauroi*; deles, sábio,
quíron teria o dom da profecia, ensinou
aquiles; mal, penso, que aquiles preferiu

arrastar o cadáver de hektor e ser flechado
no tornozelo do que se dar a algum saber
sem glória; duvidosa, também, a vã glória
de mandar, matar e morrer; heróis; polícia.

as forjas da indústria

contemplo o serrote, o martelo, o alicate. o que
corta, o que bate, o que agarra: neste mundo há
coisas más, há amarras. mas o metal indiferente
se forja contra a seiva cavando massa sob o solo,

língua que não dominamos, força desses dínamos,
quieta como numa crosta: a sóbria coisa calada, o
osso do dia mecânico e sério sem nós, organismos.
contemplo o serrilhado indócil, e o peso da cabeça

do martelo, sua crina forcada, a ranhura áspera da
boca sem saliva, mas dentada, do alicate tenaz, sua
torquês de tortura. perecível, a pele mesma do mais
cruel sob o lacônico gesto do metal: a dor, o cruor.

miniaturas

agora, a mímica minúscula em caixas,
do que [disseram] fora a vida: caixas
onde usam a janela para a lembrança
de lá, onde quer que fosse que não

aqui; e aqui, pequena caixa de botões,
singela colcha de retalhos: diderot no
teatro que enfim imitava a caixa triste
que encaixota aventura em adultério,

emoliente das ásperas quatro paredes,
com portas que se abrem, de novela,
a sedentários decadentes cujas pernas
de repente já não levam a lugar algum.

christus ist kopie

cristo é cópia. cristo acampa
fora de si para ver, vencer, e
vê, claro, a campa onde três
dias deram-lhe imortalidade,

cópia infinita, cruzes, cruzados
de cruz-credo, os seus credores,
a quem deve o dia devolvido, a
revolver a história. cristo cansa

de acontecer [*transfer calichem*
istum a me], cristo de pedra-sabão,
[*et super hanc petram aedificabo*],
amém é não mais: cristo diz *não.*

CARLA DIACOV

SEIS FLECHAS

a arqueira cozinha lentilhas
vê a vida de outras arqueiras pela janela pesa
a vida de outras arqueiras pelo reflexo na faca corta a
cebola estica o limite do choro a arqueira põe a mesa
um prato uma colher muito velha uma música pela água
na caneca herdada corta corta cenouras com o paninho
tira destroços cor de cenoura do coração desafia
o equilíbrio do prato na mesa pensa mesa que nome
a mesa que verso a mesa que canção estar
curvada à mesa à cadeira o outono extrapolado umas
formas chateadas no céu das 17
a arqueira serve a lentilha a si seu arco escora a
porta aberta a velha colher é erguida e
não há no mundo suficiente cebola
que tire da comida o cheiro
da roda o gosto da
duração

EM BUSCA DAS OUTRAS LÍNGUAS MATERNAS: KIKONGO

NGANA PAMBU NZILA

mpambu njila ja mukange
kia unene
mpambu njila ja mukange
ialá ionene

mpambu njila malembe

mpambu njila ja mukange
kia unene
mpambu njila ja mukange
ialá ionene

mpambu njila kujia kujianjo

MAMBU DIA KAVUNGO

Nsumbu e
Nsumbu nange
Nsumbu sambu kwenda
O lemba dile
Ku ma-yõ kua fita nkita
Ku ma-yó kua sambu kwenda

MAMBU DIA ZUMBA

Ku ma-yó simbi e
Ae nganga Zumba
Ku ma-yó lembe
Kubalala Kubata
Ae nganga Zumba

EM BUSCA DAS OUTRAS LÍNGUAS MATERNAS: KIKONGO

SENHOR DOS CAMINHOS E ENCRUZILHADAS

a via encruzilhada é sua máscara
e é muito grande lá
a via encruzilhada é sua máscara
suas garras são enormes

senhor da via encruzilhada traga paz

a via encruzilhada é sua máscara
e é muito grande lá
a via encruzilhada é sua máscara
suas garras são enormes

senhor da via encruzilhada vai beber
vai beber em sua casa

CANTO A KAVUNGO

Ó Bexigoso
Bexigoso, o irritável
Ó Bexigoso, leve a mazela daqui
Nos livre da maldade
Da dor excruciante e a pele em chamas
Pelas ondas leve a mazela daqui

CANTO A ZUMBA

Vem nas águas a antiga ninfa
A grande senhora Lilás
Com suas águas nos salvará
Traga abundância às nossas casas
A grande senhora, A Eclipse

Tradução de
André Capilé

ANDRÉ CAPILÉ

AZAGAIA

há maneira diversa de contar a história.
contam-se os fatos, mostram-se as fotos e os feitos
— é o tanto que nos vale sem gerar mercado.
podia ser mais simples dar aos vencedores
mais que o poder de venda. a vida, se matéria,
o cardo santo da existência além da feira,
a pedra de amolar os filhos que ficaram.
o sol que te curava já não é o mesmo,
nem havia de ser, se deu por substância
o estalo do amianto, à espera da manhã
com a mão menos dura, que durasse o tempo
só da passagem da estação de frio e fome,
que nos tornou mais sólidos, também velozes,
como a floresta, o enxame, a matilha e as escamas.

*

minha mãe me dizia da invenção
dos dias em que a fome não chegava,
e estava tudo bem enquanto houvesse
coberta que montasse arca e ninho.
o bairro, só de lama no caminho,
a cara dos sapatos no atoleiro.
e nada do transporte, em seu atraso,
o ensino mais distante, eu lá criança
correndo antes de bater os sinos
e o estrondo do portão que tranca a escola.
sob a mira do sol, ordem unida,
oxidava as cabeças sem merenda.
a fila de durar até o tombo
andava lentamente como um hino.
um sonho de país, cor de botinas,
a sombra era o elogio aos genocidas.

*

não era de faltar quase que nada,
talvez só esperança na despensa –
peso de não caber nas prateleiras.
as tintas dos esmaltes descascando,
o pânico dos pentes nos cabelos,
os móveis com as pernas para o ar.
também havia o som da vizinhança,
panelas de pressão pelos quintais,
o ruço nas canelas, o endereço
dos cotovelos nas janelas, mães
com medo de botar nariz lá fora,
decoração dos céus em desaforo
na força dos fogões desatinados
fervendo a sopa temperada à pedra.

*

o time adversário, de camisas;
nós, os nus, contra o time dos carpetes.
a pátria de chinelos, fim de tarde,
quatro passos marcados faz um gol.
esporte de contato, o tranco diz:
estanca a catapora dos seus ângulos,
mal cabe um universo no triscado.
zás que darás, golpeado teu tronco,
o corpo em corta-luz pelo terreno,
nenhum que veio aqui não vai correr
das balizas de nuvens, temporais.
desvios sabem os canelas, driblam
polícias de varal, os pós sem ritmo,
mandachuvas do jogo contra o jogo,
cacetes do pé-d'água; aqui não pega
nada, seu capitão. xô, sai pra lá.
marraio feridor, sou rei, legislo
: perigo é pra quem tem um olho só.

*

eu, que sou um, e estou com os demais,
tenho o endereço incerto da partida
enquanto espero. não desperto a luz,
nem cedo ao desespero dos mosquitos
que zunem pela beira do chapéu.
comia pelo trecho, com os meus
companheiros, a conta da ração
medida por miúda; contra o tempo,
inchando na capanga, indiferente
ao sol estacionado e o pelo em ovo
de olhar o dia longe, longo e verde.
na tocaia eu rezava o meu *kasanje*
mirando pelo furo das miçangas
o vezo de vazar cada inimigo.

[A RUA FOI A PRIMEIRA PALAVRA QUE DISSE]

rua foi a primeira palavra que disse.
quando saí, pernas no mundo, ouvi:

volta logo pra casa — a escuderia *le cocq*,
a polícia mineira, o opala preto —

era voz de ameaça, palavra de ordem
moral e cívica que levou meus amigos

de infância. não havia santos, como se.

das flores que comemos desde antanho
quando chamou-me irmão em suas linhas

— leitores do desastre e arte mesquinha —
a vida ainda não tinha esse tamanho

do horror batendo à porta nos chamando.

a inversão dos sinais indiciava
: se a vara é curta, então cutuque a onça.

contavam que a urutu mordesse em brasa

e a baba do tinhoso lá se via
armada em meio ao medo a cada esquina.

se ao vir às suas costas dias cinzas
há caminhos de andar, outros de salto.

há caminhos enquanto não mudarem
o barulho dos tacos no asfalto.

se alguém embala a quem o ódio grassa
disfarça quando o dízimo dizima

os que, não por torção, fazem escolhas
fora do estribo estreito da manada.

há ceia farta até num galho morto

ao ver na fruta empenhada, futura
a força de seu peso antes da colha.

franzido o cenho, a dissensão assanha
inverter ritmos à sanha devota

do controle de linhas que nos veem
do subterrâneo e esgotam o salobro

do insalubre mundo livre só músculo.

e o verde da miséria observava
a trama da anti-história que assobia.

na pressão manifesta dos desejos,
de corpos atritando-se entre beijos,

naquela encruzilhada de onde um sol
detrás da barricada avolumava.

a máquina da morte nos chegava
coturna como a besta trincadentes.

(bandeiras vão voar — um viva às bruxas
— feitiço rubro na língua das ruas,

nos vimos horizonte olhos nos olhos,
e o abraço que nos demos fortaleza

foi grão de resistir mas não por medo).

determinar a posição no centro
possibilita o ataque em beira extrema,

cuja ameaça não conversa, aponta.

mesmo que a execução seja um fracasso,

jogos posicionais podem cumprir
um papel eficiente em apagar

não só os rastros, mas o comprimento
das ondas por quebrar fora do atol.

dar vida pra nutrir os que vierem,
vivemos por munir os permanentes.

imaginei somar quantos nós fomos

— madeira de pilhagem e naufrágio,
éramos grão de não cantar a morte.

meninos que ninguém sabe a divisa
: avencas despencadas de seu vinco.

caniços estalando nas bermudas,
garotos invisíveis e os seus dropes

na via em pé de vento que acasaca.
a quieta mão que paga — é o cão que adulam.

quando fui menino vi despejadas,
à devassa de portas que rebentam

correndo nas manhãs de feira, mães
rolando feito cestas envergadas

tombadas pela ximba no trapézio.

a fome era barranco a erodir
da carne que vazia do trabalho.

restava-lhes o soldo sanitário.

o fedor de pinho disfarça o cheiro
da vida em seus casacos de madeira

PRETO MATHEUS

O TEMPO

A FLACIDEZ

OS OSSOS VELHOS

OS CACHORROS BANGUELAS

TATIANA PEQUENO

MOENDA

sair da fábrica e lembrar do corpo
chegar no corpo e organizar a casa
mudar a casa e tomar posse da vinha
beber o vinho e poder ser nova

e ao sair carregar o bracelete
joia a travar a máquina
aquela que enlaça uma escolha
bendita fruta entre as mulheres
o chão sagrado das ouriças

MOENDA 2

como sair depois dos gastos
corpo aparado de malfeitoria
como vingar todos os emplastros
corpo o meu cheirando a carne moída

demos as mãos ficaram retalhos
estamos sem adubo para outro plantio
você pensa que aqui somos feitos de lixo
você se engana
aqui somos feitos de cascas
pedaços de pele macerada
pedaços de derme queimada
não nos acusem de não saber reciclar nosso lixo

MOENDA 4

vou te contar uma longa história em
pouquíssimas linhas meu anjo
versos de lembranças alguém disse
mas não é verdade
o que escrevo queima na vela dos
meus santos
o que escrevo coagula nas pernas
sobrevoa o corpo quando deito
as escápulas retorcidas na esteira
sobre o lençol branco
posso ver o que escrevo fora das giras
quando fecho os olhos antes dos domínios
o que escrevo foi amortecido pelas moendas
paira como um perigo acertado do fogo
consome as entranhas a ponto de ser dito
vamos precisar investigar melhor a víscera
e no entanto a câmera não passa em certos
lugares estreitos
vou te contar uma outra história meu anjo
e ela não tem a ver com a natureza do
teu feudo
vou começar
anote aí:

O QUE AS MULHERES PODEM ENSINAR SOBRE POESIA

nada se os homens estão surdos
e são como navios ancorados sem
outra cartografia possível para
navegações fundos e oceanos
as mulheres são como as vozes
que clamam solitárias no deserto
são pedras esquecidas no esmo
de cada solidão
elas estão cercadas por profetas
senhores doutores e professores
que nunca se dispuseram a perder
nenhum fiapo do tecido grosso e
poderoso que os protegem na terra
sim é verdade que todos sofremos
aqui

mas ficamos sentadas aguardando
algum lugar nas fileiras da integridade
ou temos as faces esmurradas pela
facilidade primeva dos homens animais
ou choramos derrotadas com o sangue
coagulado sob as unhas o um ou dois
filhos que perdemos na vida curta e im
pedida da nossa criação
nós é que ficamos à beira das camas
a teus pés
secando as febres torrenciais dos gênios
nunca vos pedi ó homens
leiam meus poemas
mas deixei sempre um seio livre para o
caso de sofrer de amor
os homens poderiam calar um pouco mais
ceder na arte poética de escutar embora
todos sejam ávidos pela tecnologia
olímpica dos antigos
forjam todos ferro ou cobre na alegria
dos carrascos que tatuam em nossas peles
letras escarlates
calando-nos sob pena de morte em vida ou
tortura
os homens nos reprovam rostos cinturas
palavras
cravam braguilhas fechadas em nossas línguas
e nós secamos os olhos sobre os bordados
manchados de ingratidão e de abandono
não conheço uma única mulher que não
tenha tido alguma pele furtada pelo silêncio
pelo repouso contínuo da escrita e da fala
como gestos sistematizados pelo medo
estou há vinte anos esperando aquele seu
telefonema
estou há quinze anos aguardando que você
recolha os restos de sua mãe
estou há trinta e dois anos lembrando que você não voltou nunca mais
estou há dois meses querendo ignorar que
você gritou naquela reunião e ninguém te impediu de continuar
estou há cinco horas com seu tom autoritário
me cobrando presença
estou viva não sei até que esquina.

ÉRICO NOGUEIRA

A CANÇÃO DA LAGOA DOS AFOGADOS

I.

Sempre fugi de mim; e há dias me procuro;
é a idade, eu acho, a experiência do monturo,

o nó na goela, o sol bichado feito abóbora,
e, com a lua, um sino abstrato que não dobra

mas dobra em tudo; é meia-noite; e, pelo som
que não escuto, alguém, alguém, ai, se afogou

lá na lagoa, pois a morte, quando soa,
é grito estrangulado, é eclusa que não escoa

"Hum, quem será?"; ó Deus, o morto é da família?
– os meus já dormem, verifico, ah... e na vigília

de uma noite tão surda, abafada, compacta,
penso em alguém que já matou e já não mata,

penso no mal de conjunções que não congruem,
como a dor com a água; alguém morreu; não flui

exatamente igual o fluxo deste mundo,
quando alguém mergulhou, esqueceu, ficou mudo,

e o dia amanheceu exatamente igual?;
hoje não, que eu não deixo: e agora vou gritar

pra acordar a galáxia – ai, de repente um estrilo
áspero e nítido tilinta, e eu, bem... vacilo,

acendo meia vela, "Ora, saio ou não saio?",
ah, saí; já estou fora, no breu; de soslaio,

não distingo quais formas são sombras e quais
têm o jeito das rochas, plantas, animais

– têm o jeito das almas; a noite é tão má
que, tateando a ribanceira, eu vou topar

onde a matéria falha, e donde o pensamento,
se vai, não volta, e, quando volta, vem no vento,

como a carniça triste: que dó? que remédio?;
eu me sinto que afundo, não ando; é, de tédio

é que não morro mais; "A lagoa, eu achei!";
e não há nada vivo ou morto nem ninguém

entre o junco das margens, no entorno, na água,
a não ser, dentro em mim, certa ânsia, outra mágoa.

II.

a Wladimir Saldanha

É macabro o jardim
das amoras vermelhas;
eu, debaixo das telhas
de obtuso quiosque,
busco a ideia que embosque
o que foge de mim:

um conceito, um modelo
que descreva esta vida,
esta dor, esta lida
de tentar entender,
"Como assim?" – ô, o porquê,
mas só ter pesadelo;

esta angústia sem nome,
ou rançosa gastura,
que me torna em impura
a procura ferrenha;
que me lanha e me lenha,
que me traz, me consome,

mas em cujo percurso
vim dar nesta lagoa
onde tudo é à toa,
e morreu afogado
um absconso finado
sem socorro ou recurso;

inspeciono a neblina
e não tenho resposta:
olha, alguém, quando aposta
em ir atrás do que foge,
não tem ontem nem hoje
ou amanhã – desatina;

o céu atro, espessíssimo,
inspeciono igualmente:
ah, uma estrela cadente
que, caindo, contasse
donde vem este impasse
inextricabilíssimo;

donde vem esta ciência
das essências mais puras
que não sabe a gorduras
corporais misturar-se
e, portanto, o disfarce
mais carnal da existência

não decifra jamais;
donde vem o contrato
do concreto com o abstrato,
do que é com o que foi
e será (como dói),
mas ninguém tem em mãos;

e a lagoa não fala,
nem os juncos, o entorno,
ou do céu o contorno,
ou a sombra cabal;
não é só meu este mal:
só em mim ele cala?;

ei, a lagoa borbulha,
eu vi bem, não me engano,
passo a mão nalgum cano
e ao pé d'água cutuco
pra saber: estou maluco,
ou um crânio gorgulha?

III.

Ah, é um crânio de boi, de boi ardido
em febre, no curral, babando pela vasta
campina sem mourão e sem estaca,
que só vige no sonho do súcubo mais fino,

– que só vige na ideia; e, de pensá-lo,
o boi se dobra e se duplica num centauro
indeciso entre a pata e a mão macia:
ó animal inacabado suicida,

contradição formal, ser sem conceito,
ardendo no intelecto imune ao teu ardor...
– imune a quem concluiu e se afogou
onde não cabe hipótese, lei, pensamento!;

a morte, a morte, o que é a morte, o quê?;
a meus olhos mortais que a tentam entrever
neste crânio de boi, oblongo e natural,
a morte não é visível: quem verá?;

ah, é o dia que vem, o céu clareia,
timidamente embora, atrás do morro;
já não escuto a voz afásica do morto
e, bem, será melhor subir a ribanceira

e voltar para casa; já-já canta o galo
e algum dos meus irá me procurar no quarto
onde, em noites de insônia, há os livros e eu;
vou pegá-lo no colo e olhar o sol,

escutando, nós dois, um coro de aves,
e fazer um café; aí fazer um poema
em que estude uma noite e o dia venha,
não responder, mas acalmar, suave-

-mente; a vida é assim; a morte, bem... – sei lá;
quando for, penso nela; agora é destilar
o momento que basta, e é pleno, e é único,
e cismar como os múltiplos são um.

LÍVIA NATÁLIA

NÚBIA

Ela,
falando em vulgar,
é mais santa que Latim da igreja.

Rendo loas e aleluias,
incenso a palavra que me abre fendas,
e escancara o oratório.
Rezo contrita contando as preces
no pequeno terço que contigo trazes.

Ajoelho e confesso
o meu desespero,
a minha sede.
Bebo cada uma de suas palavras
e elas são o sumo bento,
que mata todas as sedes
em que te devoro!

SOLIDÃO

Onde tem muita água,
deve haver Pontes.
Talvez, reinventar as dobras das Correntezas.
Alguém que entalhe um barco estreito
no lombo das águas.

Não pela solidão do Rio,
mas por pena das margens.

Afinal,
um rio pode, sim, viver banhado
no seu próprio silêncio.

JULIANA KRAPP

UMA VOLTA PELA LAGOA

É a única coisa que fizemos juntos
de verdade muito embora você não possa ver
aí de dentro
como tudo é profusão e se move
em ritmos diferentes
mas ao mesmo tempo
sujeitos
ao fluxo desabalado
dos atritos

Como a tarde se revolve furiosa
em revoadas, ribanceiras
jasmins manga e oitis, rumorejos
de aves dispersas, manguezais
retendo destroços e as profundezas
da água, podridão
    antiga

Estou seguindo em velocidade mais baixa que o normal
talvez para te proteger
o que não faz sentido
algum amanhã você não vai mais existir será
apenas um pouco de sangue
extraído de mim como fazem
os homens ao sugar do chão
o petróleo penso
se o que sairá
é mesmo sangue
do meu sangue decerto
substância se avolumando em coágulo e estigma a contagem
de hormônios única prova
de uma vida
que não houve

Não houve

Não houve

Não houve

Folhas crepitam sob as pisadas
O pescador lança a tarrafa e logo
tudo é teia remoinho espasmo
de suspense a carne
do mundo
exibindo suas garras

Tudo poderia se quebrar
se não corresse
o sangue ou a água
subterrânea as nuvens
e a violência
dos mergulhões bicando a umidade
para devastar pequenos corpos

Eu nunca vou poder tocar em você

Você sequer chegará a ter pele

Não vai descobrir como as superfícies
humanas trincam e ardem e pinicam e
sentem
o tempo todo
inacreditavelmente
sem descanso

Não poderei te ensinar
a arrastar os dedos pela terra pelas frinchas
e fissuras pelos
cabelos de alguém

como é difícil
se sentir em casa

ou como as coisas mortas
se misturam incessantemente às vivas

e ainda como as vivas
devoram as mortas
tramando
o que entendemos como ordem

Você nunca saberá
como os troncos das figueiras imitam as pernas dos ciclistas
quando se enlaçam
ao cair da noite

Não, você
não sabe nada sobre a vida

Eu também não

Mesmo assim disse "seja bem-vinda"
à sua irmã assim que cruzei
com aqueles olhos úmidos
e abissais
de quem sente a pele de outra pessoa
pela primeira vez

Remadores criam distúrbios mas não ondas
Passantes eriçam a grama e sorvem o cheiro denso dos abricós
Todos eles — e também os atletas e as crianças os
ambulantes e as famílias com seus cães —
correriam se começasse a chover
Todos eles
acalentam seu ninho ardente
de caos a mistura perigosa
de mesquinharia
e disposição para a vida

Muitos deles me apontariam o dedo
e me chutariam para fora

Eu que
amanhã seguirei sozinha
compartilhando com incontáveis mulheres
o mesmo silêncio incrustado há séculos
ao redor do sangue que fazemos escorrer
em segredo

em segredo

em segredo

Você vai deixar de existir

Nunca terá existido

Mas enquanto eu viver
sempre terei guardado em mim
o horror pontiagudo desse silêncio
sobre você
a me arrebentar os ossos todas as vezes
em que passar pelo claro-escuro
do bosque de figueiras à beira d'água

ÉRICA ZÍNGANO

PEIXE-BOI EM TRÊS PARTES

parte 1 –

nunca vi nenhum
peixe-boi
vivendo solto na natureza
ou mesmo preso
em cativeiro

nunca vi nenhum
peixe-boi
ao vivo ou *in vitro*
na minha vida

mas pesquisando sobre
peixes-boi
acabamos por aprender
várias coisas sobre eles

acabamos por aprender
por exemplo que

peixe-boi não é
um nome científico
mas um nome
popular

e que o feminino de peixe-boi
é peixe-mulher

mas não sei da onde
isso vem

talvez isso venha
da ordem *sirenia*
a que pertecem
os peixes-boi

sirenia parece sereia
e a relação entre sereia
e mulher
é bem mais verossímil
do que sereia e vaca
apesar de ambos serem
nomes
bastante comuns
para se referir às mulheres
apesar de terem conotações
completamente díspares

parece que peixe-mulher
está no aurélio
mas eu não consegui achar
uma versão online gratuita
desse dicionário
para poder checar

achei outro dicionário
online
no projeto gutenberg
novo dicionário da língua
portuguesa
cândido de figueiredo
de 1913
de quem eu nunca tinha
ouvido falar

na pg. 1509 do pdf
pode-se ler

peixe-mulher *m.* A fêmea do peixe-boi, (*manatus senega-*

lensis): "*... em cuja ponta me atou, com duas conchas de*

peixe-mulher." F. Manuel, Apólogos, I, 111.

pesquisadores dizem que
não é usual empregar
peixe-mulher "usamos peixe-boi
fêmea ou peixe-boi macho,
inclusive
nos livros científicos
o CMA/ICMBio, que é um órgão
do governo federal,
já enviou ofícios ao aurélio
solicitando a mudança
mas nunca foi atendido"

no pdf *comportamento de peixes-bois*
guia ilustrado publicado em 2020
pelo instituto chico mendes
de conservação da biodiversidade
eles não usam a nomenclatura
peixe-mulher

mas o vocábulo fêmea aparece
em 17 ocorrências

parte 2 –

nunca vi nenhuma
peixe-boi fêmea
vivendo solta na natureza
ou mesmo presa
em cativeiro

nunca vi nenhuma
peixe-boi fêmea
ao vivo ou *in vitro*
na minha vida
mas pesquisando sobre
peixes-boi fêmeas
acabamos por aprender
várias coisas sobre elas

acabamos por aprender
inclusive

a história muito triste de xica
a peixe-boi fêmea do recife
uma história tristíssima

não sei da onde vem
esse nome
se ele tem alguma relação
com chica da silva

mas a primeira coisa
em que pensei
quando vi seu nome
e soube de sua história
foi em chica da silva

apesar de recife ser
bastante conhecida por seus ataques
de tubarões
o animal que habitava o imaginário
da cidade era xica

xica era uma peixe-boi fêmea
oriunda do mar
que morou a maior parte de sua vida
num tanque de água doce
da praça do derby
na área central de recife

ela foi a primeira peixe-boi fêmea
a morar numa praça em recife
mas não foi a primeira de sua espécie
porque antes dela teve chico
que viveu na praça amorim
tem inclusive letra de frevo pra chico
mas eu não lembro de ter
escutado o frevo «peixe-boi»
em nenhum dos meus carnavais
passados por lá

não sei da onde vem esse nome
de chico
mas imagino que ele

não tenha nenhuma relação
com chico science
porque chico science veio depois
de chico
e chico science era o homem caranguejo
não o homem peixe-boi
mas ainda não li *homens e caranguejos*
de josué de castro que está na minha lista
então não posso afirmar com plena
convicção isto que estou sugerindo

chico e xica chegaram
a se conhecer no derby
e conviveram juntos por algum tempo
conforme mostra esta imagem
retirada deste artigo publicado em 2020
«peixes-bois das praças do recife
– a história de um século de convívio
e admiração dos pernambucanos a estes animais»

escrito por fabia oliveira luna
e fernanda loffer niemeyer attademo
até chico ser morto a pedradas
em 1984
mas xica ainda permaneceu lá
por mais alguns anos
e só foi transferida em 1992

ao todo
foram 22 anos de confinamento
a céu aberto
num recinto de 12 metros de diâmetro
e 1,5 metros de profundidade
com água doce

quando saiu da praça
xica tinha 2,45 metros
e uma deformidade na coluna
porque no tanque raso
só conseguia nadar em círculo
e no sentido horário
também possuía uma ferida no dorso
que demorou a cicatrizar

diante da exposição ao sol

xica entrou para a história
como a primeira peixe-boi fêmea
a ter filhote em cativeiro no brasil

xica morreu aos 52 anos
em 2015

Figura – Xica e Chico no pequeno e raso tanque na praça do Derby, Recife.

Fonte: Arquivo Diário de Pernambuco.

parte 3 –

a parte 3 deste poema
era para ser sobre *poque*
"um raro caso de híbrido entre
o peixe-boi marinho e o amazônico"

mas depois que acabei a parte 2
não tenho mais vontade de continuar
este poema
espero que entendam

DIOGO CARDOSO

NECROLÓGIO

e justo pelo cu foi pego e
tua virilidade, o medo de perdê-la,
o matou.

e que o cu era sagrado,
e que era um lugar de jejum e solidão.
e que era frescura e que podia matar quem o tocasse.

e agora?

um câncer no cu te assola e quem irá tocar a tua alma?
antes te tocassem o cu
e estava a salvo
e viril
e homem e sempre.

hoje é outro o teu medo,
ontem o cu agora a morte.

e a morte te levará
o cu e o medo
e do que fica nem sequer falta te fará.

te fincassem antes no cu o dedo
e tudo já estava.

ironia,
teus cunhados morressem, os frescos,

do que agora te mata.

AMO OS NOMES COM QUE CANTO

amo os nomes com que canto a vida e seu norte:
agora sou um homem sentado sobre o fogo
que arde a rosa e que dança o vento que a queima
e abate tudo o que não seja rubro

os nomes são segredos deitados no espinho da terra
cravados sem norte no único lugar onde a maré se chama silêncio

nas areias incandescentes do verbo
uma só palavra é capaz de desfazer o céu em dois
virar o mundo de cabeça para os pés
num horizonte onde a razão perde os sentidos
e tudo o que há de verdadeiro e vivo
encerra-se como uma urna nesse único nome cravado na boca
que se oferece aos sentidos daqueles
cujo corpo perdeu tudo aquilo que não seja
nada além do que a inocência

ESQUADROS

não fosse essa árvore —
oferecendo-se fresca e espessa
a dentes brancos esfaimados
assim libidinosa e dissidente—
aberta em pássaros a toda sorte
e voos, cores e esferas
malhada pela chuva —
folhas rombudas escorrendo cobiça
telha escarlate em aspiração morna
– a quase violência de teus cabelos depois do banho –
talvez meus braços —
alça imersa sobre a murada
ao encontro desse outro mundo
que é teu nome travado em minha glote
e que também é você
para além da janela —
cômodo oco desse incêndio fora
novamente sem portar esse olhar manco sem leste ou oeste
não ainda um corpo onde tudo é ausência
– talvez e apenas exilado desse quadro oblíquo e só assim
pudessem alcançá-la —

RITA ISADORA PESSOA

A SÍNDROME DE DUNNING-KRUGER

quando pensamos que já havíamos gabaritado
tudo o que podíamos
sobre o fenômeno da recusa
com cottard e a negação convicta
dos próprios órgãos
as vozes hasteadas
diretamente do mundo dos mortos
o delírio de ruína
e tudo mais
quando pensávamos que já havíamos esgotado
a paciência com os ágrafos de vila-matas
com seus discípulos de bartleby
e a literatura do não

chegam então rastejando estes arrombados
: os extemporâneos os antediluvianos
os especialistas de *whatsapp*
[profetas invertidos do apocalipse]
que apenas prefeririam não:
( ) acreditar nas evidências científicas
( ) circunscrever-se ao seu próprio campo de especialidade
( ) todas as alternativas anteriores

☐

prove que você não é um robô

SÍNDROME DE CIRCE

Por baixo da face lisa e superficial das coisas,
há outra que aguarda para rasgar o mundo em dois
(Madeline Miller)

por trás de um rei ou governante
há sempre seus conspiradores

dentro de um cavalo   já coube
[disseram]
a queda de uma cidade

                    no focinho subterrâneo de um panteão
rela   outro   adormecido
                                 mas não vencido
                    e por trás de um olimpiano
há ~quem sabe~ uma titânide   com planos insondáveis

  dentro de uma horda de porcos
pode habitar uma comitiva de tripulantes
 em lenta metamorfose anacrônica

 a história se repete   veja bem
se repete   se repete   se repete
               só não se repete mais
do que os homens   e os deuses
               repetem a si mesmos

BREVE NOTA SOBRE O PRINCÍPIO PATOGÊNICO DO TEMPO

I

o amor me salvou   e me caçou tantas vezes
com suas asas de algodão doce
seu bico goivado de rapina

a verdade é que entre a curvatura cruel da boca
êxtases de glicose e serotonina
eu observo a lenta formação
dos pingentes de gelo no teto
como quem sabe da água
o princípio secreto da inundação

como quem adivinha
a morte dócil   não anunciada
nos estalactites   ainda   pendentes

-- inocentes como podem ser e não são

II

é preciso lavar o azul saturado do céu de março
-- o tal *páthos* incansável do sol –
com o estampido elétrico de um   ou dois raios

partir o firmamento em dois
com um enegrecimento volumoso   túrgido
como pústula corrediça no horizonte leste
[nuvens compondo certo oriente]
feito doença
inoculada na eclíptica

só assim
só assim   a intenção oculta de uma tempestade
pode revelar o augúrio da nova estação

todos os anos o mesmo ritual
a mesma repetição

EM BUSCA DAS OUTRAS LÍNGUAS MATERNAS: MAXAKALI

KOKEXKATA YÕG YÃMÎY

Habi habi habi habi

Mõxatix-mõxax-xax-xeb
Mõxax-xax-xeb
Mõxat ne ãxup habi habi habi

Mõxatix-mõxax-xax-xeb
Mõxax-xax-xeb
Mõxat ne ãxup habi habi habi

Kõmãgkata tonoo-ok

EM BUSCA DAS OUTRAS LÍNGUAS MATERNAS: MAXAKALI

CANTO-ESPÍRITO DO LOBO

Hahi hahi hahi hahi

Acordem, o dia já clareou
O dia já clareou
Venham caçar *hahi hahi hahi*

Acordem, o dia já clareou
O dia já clareou
Venham caçar *hahi hahi hahi*

Venham pescar

Tradução de Rafael Maxakali, Pinheiro Maxakali, Isael Maxakali, Suely Maxakali, Mamey Maxakali e Totó Maxakali

STEPHANIE BORGES

PORTA-JOIAS

Foram-se os dedos
e ficam os anéis
de minha avó numa caixa
pareceu-me apropriado
herdar um solitário
que a vi usar
junto de um anel
que nem era uma aliança
mas parecia, os dois
no anular como estrelas
nos filmes hollywoodianos
de que ela tanto gostava
assistimos muitos
batendo papo na sala
minha avó escolhia filmes
pelos atores que admirava
Al Pacino, Meryl Streep
adorava história de tribunais,
a elegância dos advogados,
talvez a ideia de justiça
foram-se os dedos
da minha avó
que se entrelaçavam aos meus
quando acabava o assunto
e só prestávamos atenção
na TV, meus dedos
finos demais
para seus anéis que guardei
e ainda não sei
se mandarei ajustar
se sou capaz
de levar nas mãos ›

› a sensação daquelas tardes
suas unhas feitas
em tons rosados, o metal
morno quando ela apertava
de leve a minha mão
por quanto tempo ainda
será necessária a caixa
a me distrair do que fica
saber do brilho agora solitário
ainda não

PORTAL

Imagina ser mais
que o corpo
e as leituras
de digitais, íris, traços
texturas, não a alma
mas ser a recusa do corpo
e habitar suas células
cada fluxo e não ser
seu nome cpf endereço
deixar de se preocupar
em provar que é gente
e inventar vidas
já que nem te pensam
uma pessoa

Imagina ser a cobra
que ao trocar de pele
cria asas

e não foi Deus
quem deu
por isso não interessa
chegar ao céu, mas voar
baixo, rente ao mar,
morder o próprio rabo
ser imperceptível
ao radar, deixando apenas
rastros de penas e pele
sem se preocupar
em voltar ao pó

Imagina a espiral do tempo
e que o passado é agora
e o pior que pode acontecer
é nada
e já estamos aqui
nesse deserto então
qualquer salto é movimento
enraíza, fura uma onda
desliza por um buraco
cava um túnel
porque o caminho é através
e vivo e ninguém sabe
como chegar lá
só possível sendo outra
a cada passo
então vai.

SUA CABEÇA É SEU GUIA

mas é diferente
do que te disseram
você reproduz um acúmulo
infinito monólogo,
no máximo medo
e solidão conversam,
existir é doutra ordem
e o perigo é o que sai
pela boca, lembra
no lugar, ela
aponta para o céu
mas vem ao chão
em reverência
e aprende
o silêncio para enxergar
um caminho possível
no giro da dança,
na batida e esquece
das invenções desenvolvidas
que deixam de fora
o teu corpo, confia
nunca foi para você
querer ter razão,
deixa isso pra lá
teu princípio é a cabaça
respira

DENILSON BANIWA

UKARAUKARAUKARAUKARA
UKARAUKARAUKARAUKARA
UKARAUKARAUKARAUKARA
UKARAUKARAUKARAUKARA
UKARAUKARAUKARAUKARA
UKARAUKARAUKARAUKARA
UKARAUKARAUKARAUKARA
UKARAUKARAUKARAUKARA
UKARAUKARAUKARAUKARA
UKARAUKARAUKARAUKARA
UKARA UKARA
UKARA UKARA
UKARA UKARA
UKARA UKARA
UKARA UKARA
UKARAUKARAUKARAUKARA
UKARAUKARAUKARAUKARA
@DENILSONBANIWA

TOM NÓBREGA

FIO DE *NYLON* / VARA CURTA

certa vez um/a cara me/te/lhe disse
que eu/tu/el/e/a tinha/s um/a anseio/dificuldade crônic/o/a
de/para fechar mochilas/zíperes
que era impertinente m/eu/inha/t/s/eu/ua modo/mania de deixar
[janelas/carros aberto/a/s
fi/quei/c/ou/aste lembrando daquel/a/e murro/expressão
surdo/a como um/a porta/porto
tentando entender como é que o/a tampo/a
da/os orelhas/ouvidos se abre
quando meus/teus/seus dedos/unhas estralam mudo/a/s

*

and/o/a/s acreditando em insurreição/graveto
por não acreditar no/a amor/masmorra
em termos/telas de aplicativos/promessas de
carências/relacionamentos
pref/iro/ere/s ver um/a estranh/o/a abaixar a/o/s calças/cintos
num/a bosque/floresta d/o/a cidade/banco, à meia noite/ao entardecer

não te/m/n/ho/s lá muit/o/a/s encontros/arestas romântico/a/s
porque não lig/o/a/s para o que te/m/n/ho/s entre os ombros/as pernas
e não te/m/n/ho/s máquina-de-lavar-roupa/telefone-celular

te/m/n/ho/s polução/disparo noturno/a mesmo/a sem pênis/vagina
sei lá, tanto faz

somos aparelhos/vespas com obsolência/efeito programad/o/a
e não é pouca/o enlevo/ressaca que sint/o/e/s
da/o exaltação/tombo noss/o/a de noites/dias
diante d/o/a mala/ventre revirado/a

*

assopr/o/a m/eu/inha/t/s/eu/ua/s
óculos-de-sol/lentes-de-contato desgarrad/o/a/s
grampos/medalhas de cabelo/honra à/ao mérito/grana
caíd/a/o/s n/o/asfalto/grama à-toa/ao-deus-dará
lamb/e/o t/eu/ua/m/eu/inha/s/eu/ua
terno/meia-calça desfeit/o/a em estado/bronca lastimável
afast/o/a m/eu/inha/t/eu/ua/s/eu/ua paletó/jaqueta enganchad/o/a/s
em gravata-borboleta/arco-e-flecha
escancar/o/a o/a guarda-chuva/corda-bamba
escut/o/a/s o/a choradeira/gemido eletrônic/o/a
d/o/a/s meias/charutos rouc/o/a/s
abandonado/a/s à/ao próprio/a desalento/sorte
ingressos/chaves arremessad/o/a/s
em desafogo/queda-livre
binóculos/plantas apodrecid/o/a/s
sem descarrego/extrema-unção

*

não quer/o/es armar protótipos/maquetes de máquinas/anjo
alfinetar santinhos/borboletas em caixa/alçapão

levitação/transe não é maldição/formol
um/a enxame/multidão de marimbondos/vespas
me/te/lhe faz desmaiar ou dormir

ontem roub/ei/ou/aste um/a moto/pôster, rasg/uei/ou/aste
[o/a sobrancelha/rosto

est/ou/á/s pront/o/a a a rifar o/a tornozelo/medula
a cortar a tela/computador em dois

v/ou/ai/s virar tudo d/o/a avesso/praga para imitar
aquel/e/a salto/morte erótic/o/a
em altar/piscina olímpic/a/o

*

pode procurar
matéria-prima/trava-língua
a qualquer lampejo/hora
quando quiser ter o/a pescoço/coxa fin/o/a o suficiente
para enfiar a cabeça/calo
dentro d/o/a ralo/pia
conversar com caranguejos/ratazanas
e esquecer o/a sexta feira/pavio curto
e encontrar o/a alça/zen dos olhos/guelras que enxergam
[n/o/a escuro/lâmpada
o/a rabo/bunda despontando d/o/a lado/margem de dentro/fora
o/a bo/m/a e velh/o/a alvoroço/calma
de um/a avestruz

RODRIGO LOBO DAMASCENO

PARANOIA

"Sentado na pedra de ti próprio"
(*O escriba acocorado*, Rui Knopfli)

O poeta, pelado, acocorou-se no Pico do Jaraguá,
sobre uma pedra. Se pinta como um Cristo
ao contrário: se bem que com a cabeça coberta
de espinhos e a mão cravada com pregos,
não tem nenhuma prédica pra ser dita
pros meninos e faunos
da floresta
    da Avenida
        Paulista – esta,
em sua paisagem tropical empedrada:
pedras e coquetéis molotov nas vidraças do Safra,
alcaloides matinais na Casa das Rosas,
consumo ritual de mocotó e feijão de corda numa Casa do Norte,
breu no Trianon,
breu também
        no Conjunto Nacional –
e cada pico de aço e vidro que arranha o céu
é um delírio
    erótico a mais
nas coxas suadas
do poeta acocorado num banco de concreto no Alto da Lapa,
mirando,
de olhos vidrados de drogas, descaralhado,
o Jaraguá imenso e as coisas do mundo
(o taco de sinuca,
    o copo de cerveja,
a Vila Ipojuca,
    os segredos de Sodoma e das saunas,
os imóveis vazios do centro,
    a Praça da República

de todos os nossos sonhos) eu dizia:
mirando o Jaraguá imenso e as coisas do mundo
que começavam a procurar
(como o próprio poeta, de cócoras, num banco de concreto de si próprio)
suas cores para a noite preta.
Abstrata.

RUA JOÃO ANTÔNIO (RONDA – *NOIR* DA BOCA DO LIXO)

1.

Debaixo do luminoso
do boteco
da Liberdade,
eu sonho mais alto – não tão
alto, é verdade,
quanto os fumos
cinzentos
do cigarro
hollywoodiano
que chupo e assopro
chupo e assopro
chupo e assopro

Rua Galvão Bueno dos que desejam as coisas todas erradas,
aplaca o calor noturno
do asfalto.

2.

Uma, duas, três, mil luzes na Avenida São João!
É a hora
mais
safada
da madrugada – quando
olho
com
outro
olho
o ideograma

na pele
  dela – que vai com outro,
com meu grande amigo.
Irreconhecível.

Tudo em preto e branco.

3.

Botecos melancólicos da Lapa
rolai vossos portões metálicos pra além de nossas cabeças baixas

Botecos abafados da Barra Funda
o barulho das tuas bolas de bilhar são os fogos de artifício de nossas noites juninas

Botecos cinzentos do centro da cidade
até as tuas baratas são ternas e conseguem voar

4.

Queria ser aquele
que acende o cigarro
na ponta
do relâmpago

Queria ser aquele
que encara a tempestade
como um copo
de conhaque

Queria ser aquele
que sabe de cor e salteado
(no coração e no sapato)
o caminho que vai dar
pra lá de qualquer Lapa

(para onde vamos
nós todos –
malandros
ou otários)

LUIS GUSTAVO CARDOSO

CARTA ÀS MOIRAS

Senhoras
por favor, não guardem um assento para mim
não chegarei a tempo
assim que o portador desta mensagem partir
com meus olhos na algibeira
estarei sozinho.

Senhoras,
quando o mensageiro chegar, por gentileza
paguem-lhe com o dinheiro justo e dêem-lhe
um pouco a mais, para que não leve a ninguém
memória de mim.

Quando meus olhos estiverem em vossas mãos
tratai-os com zelo
não pelo que já viram
mas pelo que deixaram de ver.

Aos companheiros de quem a estrada me perdeu
dizei que antes de retirar os olhos da face
lavei deles o barro e a folha acumulados.

Que não disponho de lembranças a ver
nem de por onde chorar. Portanto,
que não se ocupem mais de mim.

Senhoras, por fim,
tomai nota que, ao escrever esta missiva,
ainda não arranquei os olhos
de modo que, de agora em diante, tudo pode
ser muito diferente do que ledes aqui.

BATER ÀS PORTAS

Não há preço justo para a expectativa que engendro
quero que paguem o dobro do custo
qualquer seja meu desejo
E quando batem à porta dos pedidos
cobro um beijo
(Mas sem afeto)
Por que vêm me incomodar
Se estou quieto?

Não há nenhum desconto para o preço que cobro
aquilo que penso vale mais, vale o dobro
qualquer seja o pensamento
E quando batem à porta dos requerimentos
logo digo:
- Sem sentimentos!
Por que vêm me cutucar
Aqui por dentro?

Nesse ponto de afetos eu sou um tipo de Trasímaco, justo.

Mas às vezes bato à porta de outrem.
E me frustro.

PHILIPPE WOLLNEY

EU QUE NUNCA GANHEI UMA RIFA

i.
"já fui mulher, eu sei"
a primeira vez no canto
do cego tirésias
o velho dos peitos caídos
anunciando a queda
da casa de tebas
que de prazer em prazer
os deuses trazem
a vingança
com as suas sapatilhas
de arame

ii.
decifra-me, e me devoras

iii.
ray charles é cego
stevie wonder é cego
aderaldo e oliveira
improvisando no
planeta fome

iv.
pra quê olhos
se não sabe ver?
como escrever um poema
sobre qualquer deus nu
se banhando numa fonte
ou pedindo pra lavar os seus pés
vindo do deserto
trazendo vinho e peixe
para as amoras dos teus lábios?

v.
a flor azul
a fé cega
a faca só lâmina
o poeta palpeando a estante
na procura da sua
educação pelas perdas

vi.
todos os olhos do mundo
numa bolinha de gude no cu

vii.
os gafanhotos foram embora
mas o milho está todo comido
recomeçar é como estar
com as mãos em carne viva
abandonado e olhando a
página em branco
o que nos faz acreditar no viço
desse ofício?

viii.
que vontade é essa que racha a gente
como uma raiz que vence a pedra
um broto de erva daninha que fere
a desolação e a indiferença?
abril é realmente um mês perverso?
lilás é a cor da flor da vertigem?
há um verde que a mim é deserto
extenso monótono estéril
que há séculos explora e deprime

ix.
vagar como um estrangeiro de si mesmo
por um areal eterno
e que não importa se o sol o vencerá primeiro
- arrancará os olhos?
enclausurado em bibliotecas infindas
onde livro algum lhe resgatará o nome
o que diz a sua pele ou
o que dizem sobre a cor dela?

x.
mais um século
e não resolvemos o que interessa
alguns pensam na fuga pelo espaço
outros na decrepitude no inferno
em genocídio a nível planetário
nas máquinas *dominatrix*
que ainda publicam libelos

xi.
a pergunta não é bem
quem escreverá o poema do meu tempo
mas quem conseguirá reter
as vozes num objeto
que possa resistir
ao vão intento

xii.
aconselham, alguns
que em arte
o passageiro e o gasto
não servem de bom proveito
a menos que luz se faça com os seus defeitos
e que se perceba no velho
todas as crianças no seu avesso

xiii.
chuva de poemas no sertão
                                        via drones
samplers de berro-bois
                                    nos *smartphones*

xiv.
escrevo
são dias de arame, de muros
derrocadas e derramamentos
de sangue, de saques
falam algo sobre seguir adiante
                    adelante siempre
mas o que fazer com os que nunca vieram?
o que fazer com os que sempre estiveram
esperando o embarque do trem?

xv.
escrevo, e novamente
notícias de poetas famintos
fremindo idosos em febre
a terrível sentença
"a arte é como um percevejo, voa, mas fede"
ou "a literatura é como um macaco tocando bongô"
delirium tremens de edgar allan poe?
os últimos dias paupérrimos
                    ou em paupéria?
as anotações para um apocalipse
de joão ou de willer?
no *páthos* ou em patmos, muitos
                    estarão exilados

xvi.
escrevo, e desta vez
não consegui me esconder
da cobrança do aluguel
do corte da luz
do preço do feijão

que nessa terra das palmeiras
onde se plantando tudo dá
amando e nos deixando mudos
seguimos em rumo
para o canadá

xvii.
porque talvez eu seja
dessa geração que do nada
abraçou o sonho, o pesadelo, delírio
e foda-se como se chama tudo isso
que do abismo viemos
e o reconheceu
sendo seu
sotaque abissínio

xviii.
no deserto de sacarose
cemitérios batizados de oásis
por pura insônia ou ironia
há muito já se sabe
que o inferno é habitável
e que os poetas vez ou outra
lhe empregam travessia
a sibila já diria:
a questão não é como se chegaria
e sim, como daqui
se escaparia

xix.
cemitérios do tamanho de cidades
às vezes dá-se pra ouvir o lodo
sussurrando em galhofa
todos estão em ossos
tudo é triste, tudo é trova
tudo é sucro, tudo é sacro
veni, vidi, vici é um caralho
vida vilipendiada nessas várzeas
onde não vale nada
o que não seja fosso
o que não seja vala
o que não seja traça
o que não seja bala

xx.
e essa coisa de poesia
é por fé ou é por fama?
por grupo ou por grana?
e essa fome que nos devora
numa vileza que não vai embora?
por amor ou por morte
ou vai que o livro dê sorte?
pelo *ménage* da mensagem
ou pela sacanagem da miragem?
paralelepípedos ou palimpsestos?
sermões sonâmbulos ou
sadismo seráfico?

sem nenhum segredo
apenas a promessa do degredo

ANELISE FREITAS

UM POEMA DE AMOR VIETNAMITA

o caminho da glória foi construído com
o corpo de nossos inimigos avançando
juntos avançando como algo
ritmos repicando em coordenadas
levando levada ao vietname
ela curtindo as minhas coisas eu
curtindo as coisas dela deslizando
o barco pelos rios vaporosos
          — *hi, how are you?*
quando diziam
          — *good mornig* já era
noite feito um dia
a dia conversando na língua alheia
que não se toca a língua não toca quando
dizem amor
eu sou budista
o que é um papo quente para uma budista vietnamita?
nós amamos lagos vacas porcos idosos doentes entardeceres casa árvores
vida amamos tudo passarinho
eu vejo entrar no ônibus o vendedor de balas de gengibre
o gengibre nascido na Ásia
cujo subterrâneo usa-se como especiaria
conhecido por sua picância
quisera eu fazer uma infusão com gengibre
mastigar as lascas pousar termogênico
na tua meditação
quisera eu colocar uma bala de gengibre na tua boca
e ser amada aos olhos de deus
quem sabe ser
o teu *siddhārtha*

CORAÇÃO DE BALEIA

o toque consentido / sem concessão
abre um paradoxo / mata
o lugar e a gente se adapta
porque nossa mente é engenhosa
e flexível a única diferença
é que você se transforma na noite e ataca
como um animal a sua presa
língua contraída osso da mandíbula superior
encontrando o maxilar fechadas as barbatanas
como pequenas redes de alimento e purificação
para cuidar do que é ingerido
entre espirros e espiráculos

o maior coração do mundo

LUCA ARGEL

A CURA

estará nas ervas?
nas palavras usadas ao aplicá-las?
ou na entonação com que se lhes diz ao enfermo?

um dia acordei com dor de dente.
fui ao sr. dentista e disse-lhe:
– estou com dor de dente.
o dentista então vira-se para mim
e com olhos terríveis responde:
– e está reclamando de quê? ao menos ainda tens dentes!

voltei para casa certo de que tinha sido curado
por aquelas palavras.
mas eventualmente a dor aumentou,
e ficando pior do que nunca,
tive que ir de novo ao sr. dentista.

ele recebeu-me então com olhos ainda mais terríveis
e exclamou, profundamente decepcionado:
– há certas pessoas que não sabem mesmo dar valor ao
[que têm! venha cá que vou lhe tirar este dente de uma vez.

durante o processo eu juro que não emiti um som,
embora lágrimas escorressem pelo meu rosto.
finalmente, o sr. dentista puxou o alicate,
atirou o dente para dentro de um pires de alumínio
e perguntou, à seco:
– então, achas que doeu perder este dente?
eu fiz que sim com a cabeça.
ele então virou aqueles olhos terríveis para mim e falou,
apontando para o dente no pires ensanguentado:
– isto é porque não sabes o quanto doeu nele perder-te a ti.

DOIS MÁGICOS

Que se conhecem há muitos anos
Encontram-se por acaso na sala de espera do dentista,
Que, hoje, devido à tempestade lá fora,
Está bastante atrasado, e ainda demora.
Para passar o tempo, um deles tira do bolso um baralho de cartas,
O outro tira do bolso uma velha moeda,
E começam os dois a fazer os mais elaborados truques.
Cada um sabe perfeitamente o segredo
Por trás de cada movimento das mãos do outro,
E é com profundo tédio que se observam
A concluir atos que em qualquer outro lugar
Suspenderiam respirações, arregalariam olhos,
Arrancariam longos e furiosos aplausos
De homens e mulheres de todas as idades.
Mas sozinhos nesta sala de espera
É apenas silêncio o que lhes devolvem
As paredes cinzentas
E o vaso de tulipas de plástico.

VICTOR HERINGER

SEGUNDO ENSINAMENTO DO MONGE

o monge,
cara de sóbrio pai de todos,
aconselha:

é de bom tom não ter amor enorme pela vida;
não fugir dos hospitais,
ficar lá.
morrer direito.

desesperar sempre que a casa esteja suja
e tudo fora do lugar.

é preciso ter seis amigos,
um para cada alça
do caixão.

MIL PERDÕES

mil perdões pelo escuro despejado.
mil perdões pela fenda,
pelo grito,
por respirar ardido vermelho de repente
aqui.
mil perdões por ter nascido.
mil perdões pelos caminhões d'infância
que acidentarei nos seus ouvidos
quando você vier.
mil perdões por minha mãe desinchando as noites
e perdendo.
mil pelas vacinas contra,
pela cabeça contra,
desde pequenino.
mil por ter sido,
mil por fazer.

*

mil perdões

mil perdões por ter votado nos comunistas,
mil perdões por ter tudo passado tão mal,
mil pelos bilhões de chineses,
que me ensinaram a embriaguez e os pássaros.
e mil perdões pelos pássaros,
e pelos belos poemas que inspiraram,
os malditos.
mil perdões pela cachaça,
pelo fingimento de febre que causa,
pela vontade do sal que vem
de água
por dentro.

mil perdões pelos intestinos sentimentos,
mil perdões por rodar sem querer o mundo.

*

mil perdões

mil perdões por ter pedido a deus a menina loira,
mil pela reza que pedia um beijo, só;
não precisa de nudez.
mil perdões por barganhar espasmos
cosmológicos
com o senhor dos exércitos.
mil perdões pela década dos banheiros,
pelas coxas roubadas das calças jeans,
pelas danças rituais que ensaiei no espelho.
mil perdões pelos adolescentes todos
e pelos morangos azedos que me fiz morder
(que saudades que tenho).
mil perdões pela epiderme
e pelo cilício do gozo a seco.

1824

foi então que meu velho antepassado,
a bordo de um navio chamado Argus,
aportou em Nictheroy, a mando do imperador.
e a mando do imperador ficou lá esperando
uns meses.
– daí me vêm a vontade de mar aberto
& a paciência.

a mando do imperador picotaram em lotes
umas terras na serra.
a meu antepassado, por sorte,
coube a única parte que não era escarpa ou queda d'água.

foi assim que virou capitão, sem patente.
– daí me vêm a herança que não tive
& o ser ilha de abismos.

[SOU UM HOMEM DIAS CONTADOS]

sou um homem dias contados: bandeira te acalma
não dão notícias de copacabana: bandeira acalanta
bebo muito: manu, manuca!
estou sozinho em casa
sozinho entre estátuas
manhã, 4:44, agosto
hasteio bandeira branca: bandeira

o amor veio mas veio armado, vinicius
a vida foi mas foi impura, roberto
sou mais triste que os farmacêuticos, murilo

se eu não quisesse fora de hora
seria advogado, contador, comentarista do possível
mas sou antílope
é isto que sou, m'nu, antes de tudo
antílope

EM BUSCA DAS OUTRAS LÍNGUAS MATERNAS: KUIKURO

kukahetekege
einhakagagü unkguati utetomi
tukuti utetomi

EM BUSCA DAS OUTRAS LÍNGUAS MATERNAS: KUIKURO

que nasçam asas em nós
na palma da tua mão vou aportar
feito beija-flor

Tradução de Bruna Franchetto, Kanu Kuikuro, Magia Kuikuro e Jamalui Mehinaku

FREDERICO NERCESSIAN

50 DÓLARES

um dos
métodos de preparo da carne de sol
armênia,
basturma:

suor do cavalo salga o
filé,
vermelho
berrante

pra durar até as cidades:
cavalgadura pelo centro
comércio
reformas
de fosso a gaiola de fuinhas.

e também pra durar pra casa:
manter a carne
sob a cocheira evita podre
as moscas
delírio de fome visão do desperdício

peço-lhe,

se possível,
atenção:
cubra numa toalha de prato velha.
cuide do cavalo.

SÃO SEBASTIÃO

seu corpo
flecha

uma a uma
flecha

no peito no dorso nas costas da mão
pedaço da batata
arranha
flecha

arde a pontaria
dedilhos impulso
a corda
flecha

solavanco enfermo
rubro é a cor da manta antes
branca
flecha

afoga a mandíbula
prego
chinelo de dedo
arrasta a haste
disparo
flechas.

agora,
a casca da ferida.

TEMPERATURA

sigo
perseguido
de uma
ressequida
intransparência
envolta em
tendões.

cartilaginoso
corpo
envolto em flúmea
tumba a
céu de muito
azul
a sombra.

erosão dos poros
se esparça

sua
gota

faz mais de trinta e seis graus
sobre
esta
sola
de
asfalto

FILHO DE

yan
filho de
yan
em nome do
pai,
do filho
filho de
alguém
yan,
parte de pai,
maternidade X
filho de dois
meu yan
escrito com i
ian
também filho de
filho de um outro,
ian
fim de sentença
yan ou ian
natimorto,
filho de qualquer coisa
que alguém queira chamar
filho de um pai,
filho também de,
e de uma mãe
agora,
sem ian na
escritura.
língua paterna,
dos filhos de, confesso,
pouco aprendi.
sei que em alguns casos,
poucos, se escreve com i,
ian
e em poucos mais poucos,
com y
yan,
filho paterno da língua paterna que não
sei.

DIEGO ALVES AMANCIO

BALÍSTICA

a bala é um peripatético com pressa
atravessa a rua sem olhar pros lados
sem sinal vermelho que a impeça
até que encontre o crânio ou vice-versa
o vermelho mais tapete que semáforo

a bala é um adereço que embeleza
uma tiara na cabeça um penteado
que corta franjas ruivas rente à testa
coagula o tempo em têmporas congela
posando para flashes fotográficos

a bala é um dispositivo que refresca
que areja o corpo lhe abre buracos
e se tanta refrescância refrigera
durante a bala se convive com cobertas
de sangue servindo de agasalho

a bala em tiroteio é reticências
muitos pontos finais multiplicados
epístola da pistola que se entrega
como um boleto por correio uma parcela
sem remetente só destinatários

a bala é um excelente paratleta
atinge a laje saltando os obstáculos
na disputa em metros rasos é mestra
ultrapassa paredes portas passarelas
cruza a linha atravessando o alvo

a bala é um fenômeno uma cena
em cartaz uma espécie de espetáculo
pra assisti-la em duplo senso da janela
só se a bala não está à sua espera
bate palmas no portão encosta o carro

quando à distância a bala é bagatela
pois afinal falar da bala é muito fácil
basta abrir algum jornal lamber a tela
embalada para os outros oferenda
nunca a bala pra consumo imediato

METADIVA

para a obra de juliana notari

Da faca que se carrega de nascença,
faca-pensa, de berloque, faca-fastio
no range-rede, com sono; faca suspensa
dos dotes de ser faca: sem ponta ou fio.

Feita de lâmina míope ou mesmo cega,
faca em coma, com glaucoma; faca-pifa
porque mole, inamolada, faca-banguela,
sem molares ou caninos de serrilha.

Mesmo em uso, em estado de faca-tesa,
de flácida passando a inflável, inflexível,
permanece faca-débil, indefesa,
procurando algum aberto como abrigo

onde caiba até o cabo qual toupeira,
mas porque incapaz de abrir caminhos,
só escava em toca pronta, cavas feitas;
pré-fabricadas, perfuráveis sem afinco.

Mesmo congênita, tem quem a odeie,
rejeite a faca, preferindo ser bainha,
não porque queira outra faca de recheio,
cremes de faca na *pâtisserie* íntima,

sim porque a faca pesa: faca-entulho,
excedente cuja infraestrutura imita
os imóveis sem remate, inconclusos,
e os edifícios em desuso, em ruínas.

No exercício de bainha, como estojo,
nega a faca, lhe rendendo zero estima,
pois a condição de ser faca lhe dá nojo:
se entulho, mais sensato demoli-la.

FLÁVIO MORGADO

NÃO OCUPE O LADO ESQUERDO DA ESCADA

a SP

pulsa o coração análogo às turbinas,
manhã de querosene e mais-valia
contra a insistência dos juritis:
uma aurora contorna as quinas
lúmpens em volta da lâmpada.

Jaguaré, Jaraguá, Jabaquara
- onde o nome é sintoma,
luto menos constrangido
do Jardim Europa:
ferraris, hamburguerias e João Dória...
um índio tensiona *all by my self*
num pífano esquina com Bandeirantes.

faria-limers globalizam patinetes
Itaim esconde o voto embaixo do colchão
sugar babies capitalizam o *Linkedin*
Pê Albuquerque patenteou
o preservativo de camisa polo.

o sindicato dos *shoppings*, o trono do tucanato
e a rua Sérgio Paranhos Fleury sublinham:
não ocupe o lado esquerdo DA VIDA.

Piva atravessa essa avenida,
mala na mão & asas pretas,
poemas-leopardo espreitam catracas
e afiam os dentes dessa delicadeza.

o desamparo abre a blusa da garoa,
a tarde espera junto a outros irmãos,
que também caminham, engolem suas flores
e perfumam essa esperança falha

da cidade que transita em si
e pergunta a todos:

onde?

PIER PAOLO NOS ACUDA

onde é preciso ser desgraçado e forte,
irmão dos cães.
– Pier Paolo Pasolini

nenhum filho sobre os meus joelhos.
na tecla, o computador cancela
exatamente o grito
e o melhor gravurista da cidade
dirige um *uber* em 2020.

as oligarquias da morte
contaminam o gozo,
não cancelam a sobra
os excessos da exploração;
a sobrevivência reinventa a ética,
meu corpo é mais barato no frio.

é frágil o metal das quentinhas,
na mão pulsa pressa e resignação:
fúria com carne moída.

os melhores dentes
no sorriso dos vendilhões
- a penhora da beleza
é sempre por nada.

Pier Paolo escalava
homens feios no
papel do poder
(o recalcado media o prazer)
e ao seu modo de fazer cena:
"realismo italiano".

o mundo é mesmo esse.
Silvio Berlusconi resiste! ›

› por debaixo dos planos,
meu corpo se distrai e
se destroça em pretensões
e pernas de outras classes.

a dignidade é um gesto turvo,
promissórias de um coração
[aquecido:

venho pagando no crédito
(este novo termo da esperança).

ALLAN JONNES

HISTÓRIA

Um casal assiste abraçado a um pequeno desastre.
Foram surpreendidos em outro passeio
e agora estão ali como no abismo, a ver
o fim de um hipermercado.
Os estilhaços de Eternit no rosto de uma criança
saqueadores de *Häagen-Dazs* em trajes de ginástica
depositários loiros da moral punitivista
estreando-se em ladrões
insurgindo da fumaça preta como uma gangue de dublês
carregados de *Gillete Prestobarba.*
O gerente com um revólver ao redor dos caixas eletrônicos
e por sobre tudo um derrame
três andares de fogo e de entretenimento.

No fim, lembrarão apenas isto do namoro:
estiveram abraçados e ao redor
um grande evento
a tudo saqueava, mudava, terminava.

Se forem alegóricos dirão:
ao evento chamamos História.
Se forem práticos, não dirão nada.

A IMAGEM DE UMA QUEDA

Não se pode medir a falta
com as duas pontas de um barbante
esticado e dizer:

olhe, esse é o tamanho do que não sei o nome,
as medidas de uma mutilação, podes ver?
(Um imenso cordão de lã, rodeando a casa).

Não se pode.

Valeria mais subir numa colina,
dezenas de mil metros topo avante,
estar olho no olho do penhasco,
largar os fios de lã naquele abismo
e observar sua dança no vazio

só se pode medir a falta
pela imagem de uma queda.

NEVOEIRO BRANCO DE RUÍDOS

Alisar os olhos naturais
do terrível gavião-sem-piedade
pedir sua benção.
Saber a culpa
imagem-semelhança
de uma bala alojada no joelho.
Dobrar as pernas na salmoura
– conduzir o pensamento
ao limite do grande precipício,
árido buraco onde quedam-se
todas as justificativas –
marinar nisso o caroço negro
do revólver
afofá-lo ao ponto da azeitona,
mastigar sua polpa,
despistar o amargo
com cerveja, agradecer.
O Absurdo é o deus
mais generoso.

CAETANO COSTA

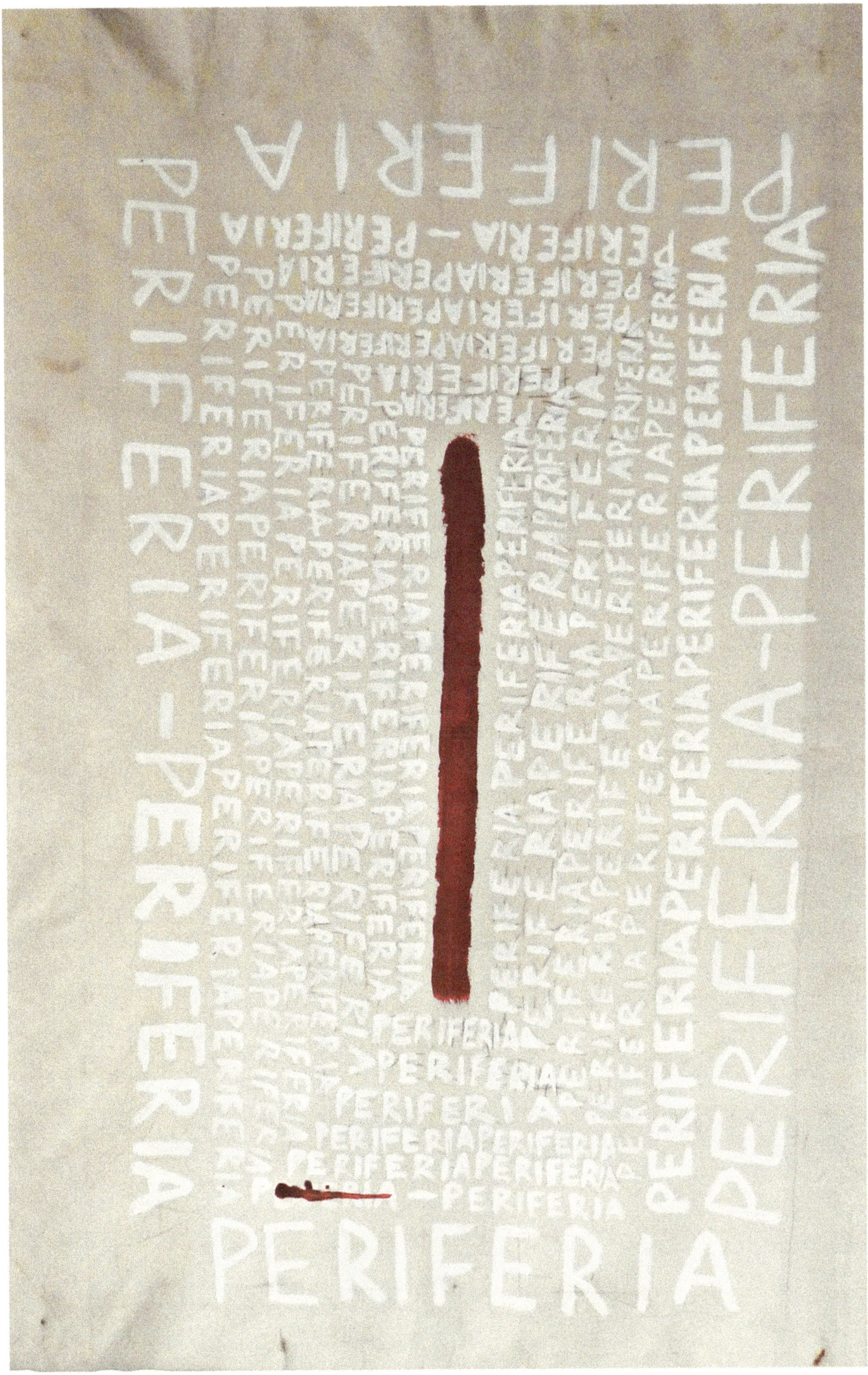
PERIFERIA

JOÃO GABRIEL MADEIRA PONTES

Maria

Je dis: une fleur! et, hors de l'oubli où ma voix relègue aucun contour, [...] musicalement se lève, idée même et suave, l'absente de tous bouquets.
Stéphane Mallarmé

Já se disse que as flores
quando saem de nossas bocas
não fazem novos jardins

Eu, por minha vez, sempre acreditei
que o único sentimento de pôr do sol possível
fosse o pôr do sol sobre o qual falamos

ou escrevemos

Agora, rabisco timidamente o teu nome
e vejo brotar da página apenas o jardim
que outra pessoa tinha resolvido cultivar

mas, na última hora, desistiu da ideia.

Cuidado com o cão

É o que se lê
na entrada da tua casa
embora todos os vizinhos saibam
que não tens bicho de estimação

Quem vai às ruínas de Pompeia
também pode ver, no vestíbulo
da Casa do Poeta Trágico, sob o mosaico
de um cachorro encoleirado, o alerta

cave canem

Se o animal existia ou não, jamais saberemos
De todo modo, o aviso ainda está lá
e serve para espantar turistas

e outros fantasmas mal-intencionados.

CAETANO ROMÃO

A DESRAZÃO DE TEODORO

o rapaz estava variando

andava grego
bambo
no meio do matagal
          mas sem ganir

teodoro passou a sorrir pros cães
*   e deram ele por bobo*

assim começa minha história de amor e barganha

contam que viram
se é que contam
se é que viram
uma manhã
ele demorando diante do prato
a pálpebra cerrada
maior o estrago

          com três dedos os mais grossos
          ia furando um pedaço de pão
          ponta a ponta
          cutucando o miolo morno

que até salivava o rapaz
          mas sem ganir

foi assim seu extravio
conheceu tudo quanto é cavado
pegou mania

fura bolo pai de todos seu vizinho

teodoro lia a sorte na bosta do bichos

o braço cheio de unha
ficava fuçando

bicheiras coalhadas tocas tachos
minhocas gordas
na terra roxa

se torcia de suspiro
cada enrugada que davam

teodoro meu amor vazado
mais furado que peneira
abriu mil umbigos
na manha
na marra

MAU-MAU E A MEDICINA

i.

mau-mau na outra ponta do sofá sentado feito um buda
cheio de farelo no colo
me faz recomendações
a calvície a rinite a nicotina

de perna cruzada
comendo biscoito de maisena prescreve xaropes medicinas
[conhece bem minhas manias
mau-mau é bom

só o sapato no estofado desmente logo ele que diz
não pisa com o pé no sofá

mau-mau hoje está terrível muito sabido
toma meu pulso
cheira minhas partes desconfiado

querendo saber de onde eu vim

ii.

a partir de agora se faz necessário certo *recuo*

não tão brusco:
mau-mau estralando meu dedão do pé esquerdo
me elogia dizendo
você parece ser simples

tento responder
mordo a língua na pontinha me espremo contra o sofá agudo de aflição

sua fala cirúrgica limpa os óculos na borda da cueca pra ver de perto pra ver melhor
mau-mau que
me conta verdades como se catasse pulgas diz assim
como um doutor

me dá o outro pé

iii.

recuar
como um ossinho volta ao lugar depois que puxa
sei de gente que estralava
os lugares mais improváveis escápula cotovelo bacia
isso pra não falar do resto

quem estrala o corpo teima com o corpo
quer prolongar o corpo está de mal com o corpo como se padecesse

de um soluço no osso

digo *já chega* pro mau-mau
esse sou eu encolhendo as pernas

eu que muitas vezes sinto cócegas em lugares indevidos
esquecendo as coxas
em lugares indevidos

gargalho quando não quero confundindo com bitucas
[minhas unhas cortadas no chão

iv.

gente que pigarreia antes de falar mau-mau é desses
como se trouxesse notícias muito novas o rapaz é profissional

mau-mau corrige minhas lições e meus ossos

v.

faz de conta que ele guardasse um estetoscópio ao redor do pescoço
a brincadeira é essa quem tira a roupa sou eu quem fica vestido é ele conhecemos bem
os papéis

eu digo *é aqui que me dói* já ele apalpa outro canto assim vai

decifra meus centímetros os pentelhos
todos no mesmo lugar fica pasmo quando tusso interroga anota cutuca
caxumbas catarros

insinua *o caso é grave* entre nós alguma malícia de ciência ou suborno
diz que tenho dor de dentes no coração

não acredito
não peço a receita não pago a consulta

BOI

HARRY LAUS

CAIXA D'AÇO

Céu luz sol dia cor mar sal nau asa ave Paz.

Osmar, aos dezesseis anos, era conhecido em todo o bairro da Prainha, em Florianópolis, como Marzinho. Por sua gentileza com os mais velhos, a lealdade com os amigos, a dedicação aos estudos. Sobretudo pela beleza que só as mulheres reconheciam de viva voz. Tez morena, cabelos negros, olhos de um verde profundo, quando, no fim da tarde, entrava no bar para uma partida de sinuca, todos queriam ser seu parceiro. Os outros bebiam cerveja sem tirar os olhos daquele corpo ágil de felino, manejando o taco como uma bandarilha de toureiro, um arpão de pesca submarina, certeiro na jogada como a seta no alvo e o arpão no peixe.

Marzinho era displicente nos gestos mas não nas ideias. Queria ser arquiteto, como o pai, mas enquanto não era chegado o momento, arquitetava palavras de três letras. Quando ficava por demais abstraído em busca dos triângulos gráficos que lhe enriqueciam a imaginação, a mãe reclamava:

— Marzinho, volta à realidade.

Ele sorria e seus dentes claros formavam uma bandeira com os olhos verdes. Talvez a mãe interrompesse a concentração do filho para ver esse belo contraste.

— Bobagem, esta mania de procurar palavras. Qualquer professor de escola primária faz isto, ou pelo menos fazia, no meu tempo. Quem vive à procura de palavras são os poetas.

— Todo arquiteto é um poeta, mãe. Quem domina as palavras, domina as formas. Já viu os poemas do pai?

A mãe muda de assunto:

— Amanhã cedo vamos a Porto Belo.

Pai, mãe e filho único chegaram de carro no balneário pelas nove da manhã, em casa de Lincoln e Suzana, amigos do pai de Osmar. Uma hora depois estavam no iate branco de Lincoln para um passeio marítimo: três casais de argentinos, outro tanto de brasileiros, algumas crianças, verão no auge, a esteira de espumas que o iate deixava rasgando o pensamento de Marzinho em busca de uma comparação invulgar. Em vão. Desistiu de procurá-la e chegou-se a Alírio, o timoneiro, que lhe explicou como manejar a embarcação, deu nome e sentido a todos os controles do painel de instrumentos. Depois passou a nomear as pequenas enseadas, a ilha – "Tem o nome de um cara, mas todo mundo chama de Tartaruga" – o Iate Clube à direita.

Marzinho não tirava os olhos das grandes rochas que protegiam as encostas, mergulhando no mar, algumas cobertas por gaivotas em repouso.

Os argentinos deslumbrados:

— Como é lindo o Brasil... Que beleza...

Depois da praia do Araçá, nova enseada bastante fechada: Caixa d'Aço. De aço, d'aço, intrigou Marzinho. Suzana explicou:

— Essa contração veio de Portugal. Porto Belo foi fundado por um grupo de casais portugueses. No começo chamou-se Nova Ericeira, de onde vieram, depois passou a chamar-se Enseada das Garoupas, acabou sendo Porto Belo, porque é belo, não é?

Marzinho apaixonou-se por Caixa d'Aço. Aço com três letras. O verde profundo de seus olhos era igual ao do mar de Caixa d'Aço. Suzana percebeu:

— Marzinho, tu não podes ver uma coisa que estou vendo.

— Onde?

— Em ti.

O menino perturbou-se.

— Teus olhos. São da cor do mar, aqui em Caixa d'Aço.

Marzinho hasteou novamente a bandeira dentes-olhos em seu rosto.

Rua som eco voz bar sim não bem mal rum Lua.

Que bom seria ver a lua em Caixa d'Aço. Bares, namoradas, nem a Praia da Joaquina, com surfistas e tudo, tirava a enseada fechada de

Caixa d'Aço dos desejos de Marzinho. Licença do pai, mil recomendações da mãe, almoçou cedo no domingo, vestiu o traje negro de napa, subiu na moto vermelha, pôs o elmo dourado na cabeça e rumou para a BR-101.

Apesar de menor de idade, sua estatura representava um adulto. Nenhum policial-rodoviário o pararia, e se o parasse, quando a viseira fosse levantada, os olhos de Marzinho pagariam qualquer multa.

Atravessou Porto Belo sem parar – a igreja, os restaurantes, a prefeitura, a pracinha, o Clube Sabala – logo depois da Pesqueira Pioneira tomou o caminho à esquerda, passou pela Araçá, viu a minúscula grandeza de Caixa d'Aço à sua disposição. Parou, desceu, empurrou a moto por entre as árvores, trancou-a. O bornal com dois sanduíches feitos pela mãe, algumas manjubas para isca conseguidas na peixaria da Prainha, um caniço articulado, o cantil cheio de rum. Tomou o pior gole: o primeiro.

De bermudas brancas sobre uma pedra achatada junto ao mar, a figura do menino sondando as águas quebrava a natureza agreste que o cercava. Incipiente como pescador, pensou que à primeira fisgada já viria o mais belo peixe do mundo: o anzol luziu de volta no espaço, sem a isca. Outra manjuba, novo arremesso, uma dose de rum, uma mordida no sanduíche, ao mesmo tempo que outro peixe mordia a isca. Esperou alguns segundos e quando julgou que estava fisgado, puxou a linha com rapidez e violência. Brilhou no ar uma garoupa que a menos de um metro das águas soltou-se do anzol e voltou ao mar.

— Merda.

Mas não perdeu as esperanças. Toda a operação recomeçada, o rum descia agora com a suavidade de um trenó nas neves. Sanduíche acabado, resolveu deixar o outro para mais tarde, lembrou-se do pai, que iria rir dele se nada levasse da pescaria solitária. E da arquitetura. As enormes pedras à sua frente, no outro lado da enseada, são construções mais autênticas do que tudo o que os grandes arquitetos do mundo haviam imaginado. Osmar não se cansava de ver os livros do pai, com a obra de todos eles. Mas nenhum conseguiu estabelecer a pureza e a grandiosidade da paisagem em Caixa d'Aço.

Já triste e decepcionado, prendeu com todo o cuidado mais uma isca. A recompensa veio sob a forma de um lindo robalo prateado, um traço escuro em cada lado do corpo, de fora a fora, o focinho comprido como o de um galgo. Outra vez a bandeira armou-se no rosto feliz de Marzinho, o brilho dos olhos verdes ecoando pelas verdes águas de Caixa d'Aço.

Outras investidas foram vãs. Marzinho subiu as pedras e procurou um lugar à sombra para descansar, deixando o peixe a seu lado. Mais um gole de rum e o sono apagou Caixa d'Aço de seus sentidos.

Avô avó pai mãe tio tia pão mel chá uva Lar.

Noite fechada quando Marzinho abriu os olhos. Levantou-se, mas não havia luz alguma que o orientasse. Nuvens cobriam a lua, sentiu frio, não tinha coragem de se mover na escuridão para procurar a roupa. Comeu o outro sanduíche, bebeu o resto de rum, acariciou o peixe. Chorava. Não por medo, mas uma dolorosa saudade de casa, remorso pela preocupação que estava dando à mãe, aos outros parentes. Por que nenhuma lâmpada acesa para guiá-lo? Talvez um defeito na iluminação pública, tão comum em Porto Belo.

— Robalo, que pena, amanhã nem vou te levar para casa. Decerto não vais prestar mais.

O pranto aumentou: o remorso crescia por haver tirado o peixe, inutilmente, de seu ambiente para a morte. Na escura solidão, qual o sentido da companhia do robalo? Se fosse um cão vivo, poderia latir, ganir, até mesmo orientá-lo até a moto. O robalo, não. Morto e se decompondo, não passava de uma presença incômoda. Osmar pegou-o pelo rabo e jogou-o longe. O ruído contra o tronco de uma árvore, o baque no chão coberto de folhas secas.

Assim que amanhecesse – céu luz sol dia – vestia a roupa, pegava a moto e tocava rápido para Florianópolis – rua som eco voz – onde a mãe chorava pelo filho único – pão mel chá uva – e o pai não trocaria palavra com ele, fingindo-se zangado.

Quando a claridade despertou Marzinho e ele conseguiu orientar-se, o calor era tão grande e tão grande o apelo do mar que resolveu dar um mergulho, antes de voltar para casa. Saltou da grande pedra para as águas. Mais forte que o arremesso do corpo sobre as ondas que o cobriram foi o impacto de sua cabeça contra a rocha submersa. Uma papoula de sangue subiu à tona e desfiou-se na espuma.

Nunca mais poderá ser hasteada a bandeira na face morena e altiva de Marzinho. Os peixes roeram o pedaço de mar, roubado de Caixa d'Aço para seus olhos, e o sorriso, extinto, foi ceifado para sempre.

Ato oco bem vil fel ser dor til sem véu Fim.

SILVIANO SANTIAGO

NÓ, NÓS

> Nada existe sem finalidade. Portanto, minha existência tem uma finalidade. Qual? Ignoro-a.
>
> Charles Baudelaire, *Mon coeur mis à nu.*

2019

5 de setembro

Ontem à noite, minha vida deu um nó. Sem precedentes. Em poucas horas e numa única noite, ela baixa a alegria e o luto à terra, congeminados. O nó é atado entre as 19 e as 23 horas do dia 4 de setembro. Como desatar o nó?

Em livraria do Rio de Janeiro, eu lanço uma antologia de ensaios. Num hospital não tão distante do local onde minha presença é exigida, falece o mais velho dos meus amigos e colegas, ainda vivos.

O livro não teve a produção facilitada. As finanças em declínio entraram de permeio e se constatou a falência da comercialização do livro no Brasil de Michel Temer e de Jair Bolsonaro. A festa estava marcada há mais de mês.

A morte do colega e amigo era esperada: estava doente há algum tempo. Seu estado lhe dificultava a atividade profissional.

Em comum, o fato de que ambos ensinamos, escrevemos e somos leitores um do outro. Eu deveria ter ido ao hospital. Ele, à livraria. Desencontramo-nos na alegria e no luto. A noite avançou suas mãos, amarrou os cadarços soltos e deu o nó.

De imprevisível, só a coincidência.

Não acredito na espontaneidade do acaso. Nó dado visa a um fim. Em geral, ambíguo. Guarda-o a sete chaves. Se o guarda, há que se correr para trás. As maquinações do acaso não são de última hora. Anotadas na agenda da vida, ficam à espera da hora H. Sem despertar suspeitas, ou melhor, despertando suspeitas apenas superficiais, dois corpos amigos e afastados trabalhavam em surdina para o desenlace – *click*! – no dia 4 de setembro.

O mais evidente dos fins do nó é de responsabilidade de outra santíssima Trindade. Falta grave/punição/reparação. Estou sendo punido por algo que não deveria ter feito e fiz. De propósito? gratuitamente? Não importa. Castigo chega em dia de festa. Ave-marias e padre-nossos, ditos de joelho frente à autêntica Santíssima Trindade, inocentam por milagre o pecado cometido.

Na família patriarcal brasileira é rotina ser reparado por punição. De manhã, o filho não beija a mão do pai. Escândalo. O tapa paterno, que pune e repara a falta, é apenas – segundo o verso do poeta Carlos Drummond – uma *maneira mais dura* de o filho beijar a mão do pai. A lógica das tríades religiosas é persecutória, e de grande alcance coletivo.

Não é difícil aventar outras lógicas sobre as consequências do nó dado pela noite. Entrego-as ao leitor deste diário. Se a condição de testemunha de vista ou de ouvido já não as entregou.

A amizade e o coleguismo é o contexto ideal para a *coincidência na imprevisibilidade* repercutir e propagar. Muitas subjetividades são envolvidas pelo jogo de situações conflitantes. O nó "vinha sendo falado" e estava à espera. Amizade e coleguismo, embora sejam palavras com forte carga de espiritualidade, não suavizam o golpe baixo do acaso. Golpe tão real quanto o de boxeador no ringue da vida. Na verdade, conceitos decorrentes da fraternidade universal são adubo fertilíssimo a estrumar conversas afoitas e variadas que encontram a razão de ser, sua finalidade, no acaso. Como Pilatos no credo, a noite propicia o desenlace tramado e tecido em parábola bíblica. Ao impor-se, o nó abrange uma coletividade. O nó. Nós. Havia fãs na livraria, havia fãs no hospital. Fãs interligados pela previsibilidade da imprevisibilidade.

Nó cego é o abre-te-sésamo da falastrona caverna social, em que se esconde um grupo de colegas e amigos!

Se cego, não haveria como desatar o nó. É o correr dos dias que de repente o desata. Na dimensão do acontecimento, a hipocrisia da vida social se incumbe garbosamente de desatá-lo. Fim de jogo. Apita o árbitro do acaso. Recomeçam-se as intrigas e se armam as tramas. O recomeço só é diferente do começo porque nenhum dos muitos envolvidos é igual ao que era. O recomeço transforma a todos em semelhantes.

"— *Hypocrite lecteur, — mon semblable, — mon frère!*". Charles Baudelaire.

9 de setembro

Segunda-feira. Dormi durante todo o fim de semana. Estava cansado. Sem motivo aparente.

Os últimos dias da semana passada tinham corrido de maneira rotineira. Na quinta-feira, fui a outro lançamento de livro, no mesmo local. Disse à colega historiadora que me sentia zumbi. A pasmaceira já dobrava meu corpo. Fui ao velório do colega e amigo na sexta-feira. Desprovidos da elegância da graça, os olhares enviesados à porta de entrada do crematório, se tidos como suspeitos, se endireitam. Afinal, ninguém gosta de ser julgado moralmente estrábico... Falas, silêncios e lágrimas, de praxe. Almocei fora de casa com a companheira de táxi. Cansadíssimo, abri a porta do meu apartamento. Não estava corroído por fora. Corroído por dentro, mas não era pela má digestão da picanha deliciosa, servida na Majórica. Liguei a televisão. O presidente Trump afirma que os senadores negros de Baltimore são os verdadeiros racistas norte-americanos. Eles trabalham contra o seu povo. Por negligência deles, bairros de Baltimore sobrevivem aos escombros e infestados de ratos, ele tinha dito. E visita a cidade com vistas ao apoio dos políticos republicanos na próxima eleição presidencial.

Semiadormecido, lembrei que a família de Jared Kushner é dona de empresa imobiliária em Baltimore. Em devaneio, me ocorreram a palavra *gentrificação* e um pedaço de verso alheio: "pés de ratos sobre cacos".

O sono, só o sono nos salva da angústia, ainda que ele só baixe ao corpo se em conluio com um comprimido de *Stilnox*.

Desperto-me da bem dormida noite de 48 horas. Corro à estante de livros. Pego o de T. S. Eliot que procuro. E destaco uma estrofe do poema "Os homens ocos":

Aqueles que atravessaram
De olhos retos para o outro reino da morte
Nos recordam – se o fazem – não como violentas
Almas danadas, mas apenas
Como homens ocos
Os homens empalhados.

Aos olhos do outro, atravesso ocozinho da silva para a morte.

"*Mistah Kurtz—he dead*" – Eliot pede de empréstimo ao romance *The Heart of Darkness*, de Joseph Conrad, uma das epígrafes do poema "Os homens ocos". Não precisei pegar outro livro na estante para juntar aos versos de Eliot uma frase de Jean-Paul Sartre que explica o gosto atual pela expressão *fake news*. Guardo-a na memória: "Admiro como alguém pode mentir colocando a razão do seu próprio lado".

Sincero não sou. Hipócritas, somos todos. Serei cínico de natural? Ou perverso? "Fernando Pessoa é dessas pessoas que nascem poeta" – há muitos anos escutei Agostinho da Silva começar por essa frase sua conferência sobre Pessoa, e a achei engraçada. Sincero não sou. Serei Pessoa, a pessoa que nasce ficcionista? A meu favor, na juventude usei o pseudônimo António Nogueira.

12 de setembro

Dia de massagem. As gratificações que meu corpo recebe semanalmente são de responsabilidade do cardiologista. Ao diagnosticar a hipertensão rebelde, ele me receitou betabloqueador e recomendou *bodybuilding*. Na velhice, não me teria ocorrido substituir por mãos alheias e profissionais o encanto e o prazer oferecidos na idade madura ao corpo estendido na areia da praia, em dia de sol. Praia de Ipanema, 1972, Dunas do barato.

Contrato uma *personal trainer*. Segunda, quarta e sexta-feira, fisiculturismo na academia de ginástica. Quinta-feira, massagem.

No silêncio salutar e hedonista da maca, lembro-me dos anos 1960, época em que morei e trabalhei nos Estados Unidos. Em sociedade desconhecida, trago a curiosidade à flor da pele. Leitor de jornais e revistas, entusiasmo-me com uma notável mudança temática no jornalismo investigativo, ponto alto da imprensa naquele país. Não abandono os livros. Os romancistas policiais Dashiell Hammett e Raymond Chandler fazem parceria com os jornais e semanários. Num formato, a não-ficção. No outro, a ficção. A curiosidade ata os interesses do leitor e dão o nó.

De repente, o nó é desatado. Novos jornalistas e novos escritores despertam insuspeitas curiosidades minhas. Saio das páginas de política e de crime e sigo para a leitura dos recentes e longos ensaios escritos pelos jornalistas Gay Talese e Tom Wolfe. Eles vêm de encontro à sensibilidade de alguém nascido em país periférico, então só alcançado pelos tentáculos cosmopolitas do cinema hollywoodiano. Os dois jornalistas abandonam campo minado para se adentrar em terreno virgem, escorregadio e exigente. O da privacidade na vida cotidiana da cidadã e do cidadão. Descubro uma sociedade moderna e em plena efervescência.

Workers by day, swingers by night (Trabalhadores durante o dia, descolados à noite) – o sociólogo Daniel Bell vaticinou o futuro em nada promissor da classe operária. Dava adeus a Max Weber, teórico do protestantismo anglo-saxão. Apesar dos dois Relatórios Kinsey (1948 e 1953) já terem escancarado a vida sexual desregrada dos gringos, a privacidade continuava sem os nomes dados na pia batismal. O comportamento íntimo da cidadã e do cidadão ulula em silêncio e camufla o caminho a ser percorrido pela investigação jornalística. Talese e Wolfe criam um gênero em que a não-ficção e a ficção se misturam. A sangue-frio, Truman Capote batizou o novo gênero: *faction*. De repente, a privacidade passa a ter os nomes próprios da cidadã e do cidadão.

13 de setembro

Acordei culpado. Já aposentado, passo a manhã escrevendo ficção ou ensaio. Há dois anos, ando batucando no teclado as memórias da infância (1936-1948) numa cidade do interior de Minas Gerais. O título, *Menino sem passado*, foi tomado de título de poema de Murilo Mendes. Autorretrato-me nesses versos dele: "Fiquei sem tradição sem costumes nem lendas / Estou diante do mundo / Deitado na rede mole / Que todos os países embalançam".

Ontem, Talese e Wolfe me levaram a descuidar do trabalho propriamente profissional e a me dedicar às anotações esparsas deste diário. Ele está virando elefante em loja de cristais. Não se contenta mais com duas ou três linhas matinais. Guloso, requisita a informação acumulada no correr dos anos e me obriga a redigir parágrafos enfadonhos. Já as memórias calçam luvas de pelica. São civilizadas e têm boas maneiras. Fingem não se incomodar com o brutal "chega pra lá!" dado pelo dia a dia.

Incomodo-me eu, sentindo-me culpado por negligenciar o trabalho que, ao final das contas, contará. Dócil, deixo-me convencer pela tirania do diário.

Ou melhor: no momento, o cotidiano da vida vivida sob Bolsonaro azucrina mais a vida da gente que o passado. Quanto ao futuro da nação, ele só a Deus pertence. País do futuro – profetizou Stefan Zweig na cidade de Petrópolis, antes do suicídio com soporíferos. Enganara-se ele, o Brasil é o país do pretérito imperfeito.

14 de setembro

Moral: terminei o dia de ontem de mãos dadas com Deus e sem adiantar a redação das memórias. *Dead-end* é anglicismo, *impasse* é galicismo. Que dificuldade para dizer em bom vernáculo o que experimento com o *Menino sem passado*.

Eu e as páginas deste diário damos as mãos, definitivamente.

De mãos dadas com o diário, a lembrança dos anos 1960 volta a coçar nesta manhã de sexta-feira. Corro à estante à cata dos rastros impressos de Gay Talese e de Tom Wolfe. Apesar da desorganização da biblioteca, não foi difícil reencontrá-los na seção de literatura anglo-saxônica.

Talese foi o primeiro a enfiar a mão no ninho de víboras do sonho americano. Seu livro *A mulher do próximo: Uma crônica da permissividade americana nas décadas de 1960 e 1970* é um *jab* de esquerda dado por Muhammad Ali no rosto WASP (*white Anglo-Saxon protestant*) da sociedade que ele expõe. Bate fundo nas relações entre sexo, pornografia, religião e censura. O puritanismo exigiu a privacidade e a recobriu com o anonimato. Em *A mulher do próximo*, os nomes das pessoas são reais e os eventos e as cenas narrados realmente aconteceram. O longo relato se abre com cena descritiva de masturbação e se encerra com a exibição do corpo nu do autor, estendido nas areias de rio. A intimidade é a do próximo, devidamente batizado; é também a dele, de autor, nu; é finalmente a nossa, de leitor hipócrita.

Nós, leitores, somos os únicos a permanecer anônimos.

Tom Wolfe já foi freguês em romance meu, *Stella Manhattan*, cuja ação se passa em Nova York. Em matéria de escrita, os dois atamos as pontas. No auge da luta das minorias raciais por estudo, trabalho e respeito, o maestro Leonard Bernstein oferece um jantar de gala aos ativistas Panteras Negras. Anunciado o jantar na famosa cobertura da Quinta Avenida, os convites são enviados a *celebrities*, a *socialities* e aos Panteras. Tom Wolfe não perde a boca-livre e vai de caneta em riste.

Escreve o divertido *Radical Chic: That Party at Lenny's*, uma notável peça literária sobre os escombros em que se ergue o *radical chic* nova-iorquino.

Na descrição dos preparativos para o jantar de gala, o jornalista – e esse seu leitor – não desprezamos um detalhe desconcertante.

"Leonard, você se esqueceu do essencial" – lembra-lhe Felicia, a querida esposa, nascida no Chile. "Nosso time de garçons é de negros. Já pensou nas caras do Huey Newton e do Bobby Seale se servidos por um *brother* do Harlem, de smoking e gravata borboleta?". Susto. Não será jantar à americana. Todos os convidados têm de ser servidos à francesa e bem servidos. Ao ser focada por Felicia, a "*Uncle Tom's bow-tie*" obriga o casal a sair pela tangente. Por que não contratar um time de garçons latinos? Não é por casualidade que Tom Wolfe é servido por um brasileiro branco no jantar oferecido aos Panteras Negras.

À noite, leio esta manchete em *O Estado de São Paulo*: "Brasileiro não vai mais aos EUA só atrás de trabalho. Vai empreender". Compreende-se: vale mais a pena aplicar o dinheiro lá que aqui. O pobre sai do Brasil pela porta da frente e entra nos Estados Unidos pela porta dos fundos. O milionário sai do Brasil pela porta dos fundos e entra nos Estados Unidos pela porta da frente. *Different strokes for different folks* – diz a sabedoria das nações.

19 de setembro

Passei algumas manhãs adiantando as memórias e me arrependo. A redação do diário se impõe. No dia de hoje, é o quente com veneno da vida cotidiana que atrai toda minha atenção. Publicada no dia 16 – mas só lida por mim há pouco –, a revista *Época* traz matéria que desagua nas lembranças que me ocorreram no momento em que o corpo hipertenso é gratificado por *shiatsu* e se refugia em Gay Talese e Tom Wolfe.

O jornalista João Paulo Saconi se inscreve como aluno em sessões de *coaching* on-line oferecidas ao público pela nora do atual presidente da República. João Paulo tinha sido deitado em divã por cinco anos e tinha noções sobre terapia. Pensa num artigo para a revista onde trabalha. Heloisa Wolf Bolsonaro tem 27 anos, é formada em Psicologia e atua como psicoterapeuta. Atende à clientela via *internet*, com áudio e vídeo transmitidos em tempo real. Dentre os cursos anunciados pela psicoterapeuta, o jornalista opta pelo de cinco semanas sobre autoconhecimento. Custo: 1500 reais, 400 dólares (dependendo da cotação do dia).

Na linha do jornalismo investigativo fundado por Talese e Wolfe, Saconi relata sua experiência terapêutica. Satisfeito com o trabalho redigido, entrega-o à revista. Dão-lhe um bom título: "Um mês de *coaching* com Heloísa Bolsonaro – Como é o curso da nora do presidente para aprimorar a carreira e as relações sociais".

Ao terminar a leitura do artigo, nova lembrança poderosa ganha minha imaginação. Quando criança, conheci esse gênero de narrativa ao ler os artigos da revista *Seleções do Reader's Digest* (desde 1942 em português, aviso ao leitor). As propostas terapêuticas dos artigos das *Seleções* se casam com semelhantes encontradas nos sucessivos livros de Dale Carnegie (1988-1955), que eu viria a ler na juventude. Os volumes entram casa adentro pelos valores liberais defendidos pelo meu pai. Atire a primeira pedra quem não leu *Como fazer amigos e influenciar pessoas*, *Como falar em público*, *Como evitar preocupação* – a série é infinita e, hoje, indigesta. *Seleções* casa com Carnegie que casa com Saconi.

A senhora Heloísa não estaria apenas reativando – via *internet* – lugares-comuns de psicologia, difundidos no pós-Segunda Grande Guerra pelas *Seleções* e por Dale Carnegie? Perguntei-me ao terminar a leitura do artigo. Voltamos a viver na nação em que sempre vivemos? O país do pretérito imperfeito. A lembrança das *Seleções* e de Dale Carnegie seria boa matéria para as memórias que escrevo. Mal disse a frase e as memórias, até então caladas, descalçam as luvas de pelica e assumem postura pequeno-burguesa. Esbofeteiam-me no rosto. –Ingrato! Jogas no lixo o que tens de melhor!

Leio no jornal de hoje. O Conselho Editorial do Grupo Globo decide pedir desculpas públicas à família Bolsonaro pela publicação da reportagem. Avalia que o erro da *Época* foi "tomar Heloísa Bolsonaro como pessoa pública ao participar de seu *coaching* on-line". E pondera: "Foi um erro de interpretação que só com a repercussão negativa da reportagem se tornou evidente para a revista". Através da sua conta do *Twitter*, o advogado Eduardo Goldenberg informa que "a cúpula da *Revista Época* acaba de pedir demissão em conjunto".

A diretora de redação Daniela Pinheiro, o redator-chefe Plínio Fraga e o editor Marcelo Coppola.

Pano rápido, antes que caia a gambiarra do teatro e explodam os refletores.

25 de setembro

Recebo um exemplar do livro *Velhice transviada*, de João W. Nery. Por ricochete, comemoro hoje meus 83 anos, que só deveriam ser lembrados e celebrados daqui a quatro dias, no dia 29.

Informo-me sobre o livro na quarta capa: "Falar de velhice é difícil, sobretudo quando ela é transviada. O ativista dos direitos humanos João W. Nery constatou que, no Brasil, essa população – constantemente vítima fatal do ódio ou do descaso – não tem direito à longevidade. Por isso, decidiu escrever sobre os 'transvelhos', termo que criou para se referir aos transexuais e travestis que conseguiram ultrapassar a marca dos cinquenta anos". Em 2013, João Nery inspirou e participou da elaboração do projeto de Lei de Identidade de Gênero, que leva seu nome.

Sua experiência de vida teve finalidade. A minha terá alguma?

HILDA MACHADO

IOIÔ FOME DE AMOR OU ME ABRACE URGENTEMENTE

– Qual é a tua, ô pivete? Tu num sabia que aqui no pedaço mando eu? Vai procurar tua turma, frangota de merda!

Ioiô leva uma banda do garoto, que a faz rolar no chão. Não tenta revidar, sai resmungando: "pô, tá pensando que é o dono da rua, eu hein..." Não tenta revidar, pois além de saber que ele está certo, que ela invadiu o território do inimigo, é apenas uma mulher, uma menina, portanto, um ser em permanente desvantagem. Na verdade, só queria mesmo era passar alguns bagulhos rápido para descolar algum. Uma grana que lhe permitisse comprar a bendita cola, *crack* seria um luxo, quem sabe no fim do dia? Algo que viria aplacar aquela fome e o tremor, intensos. Sem opção, vai andando pela praia em direção ao posto seis, buscando que a sorte lhe sorria, uma vez pelo menos naquele dia. Ainda no começo, para e dá uns tapas numa cachaça com uma galera amiga, coisa que sempre funciona. Enquanto caminha, pensa. Seu nome é Yolanda. Yolanda da Cruz. Sabe disso porque trouxe de um dos orfanatos a cópia de sua certidão de nascimento. Também lá haviam dito que seu apelido era Ioiô. Isso, conforme explicaram, explicação boba essa, era porque ela vivia sendo jogada de um lado pro outro, que nem um ioiô, que todo mundo brinca, brinca, mas ninguém leva a sério, e acaba sempre esquecido em cima de um móvel. Parecia verdade mesmo pois, desde quando sua lembrança alcançava, havia passado por mais de mil famílias sem que nenhuma a quisesse nem como ajudante de empregada. Sem falar nos orfanatos, vários... Era essa a razão daquela enorme vontade de morrer. De repente. Sentia sempre essa vontade. E o frio na alma. Que vida sem sentido a dela... Estranho, mas conseguia se lembrar bem de quando era pequena, pequena mesmo. Antes disso tudo. Quando era bem pequena, era uma menina especial. Que possuía – era só dela – um anjo da guarda, seu anjo protetor. Ele lhe dizia coisas lindas só soprando ou sussurrando em seu ouvido.

Falava do quanto era bonita e parecida com a mãe. Linda e boa como ela. Vez por outra, ouvia o farfalhar de suas asas. Volta e meia conversavam. Às vezes por horas seguidas. E também podia enxergar sua luz, que tanto a protegia. E ele a lhe segredar coisas. Havia trazido do orfanato, junto com a certidão, uma foto da mãe. Era lindíssima: usava os cabelos na altura do ombro, ondulantes e vermelhos. Lembrava uma atriz de cinema que uma vez vira na revista: Rita Hayworth. Era tão bonita quanto Rita Hayworth. Ou mais. Mais. Sabia que seus cabelos eram vermelhos como os dela. Mas, merda; com tanta pobreza, tanta imundície, vivia tão cheia de piolhos que eles haviam começado a cair. Aos chumações. Aí, rapara a cabeça. Melhor assim. Parecia um garoto qualquer.

EDIMILSON DE ALMEIDA PEREIRA

ESPECTRO

1

Durante anos traduzi teus poemas. Isolado no Cantão Vaud, sabias os nomes dos cogumelos, a textura dos nichos de erva, a pressão de um coice de alce. Ainda jovem, trouxeste aquela que, hoje, tua companheira, incinera os livros à tua cabeceira. Fazes um esforço para limpares as próprias escaras, ponto final da metafísica. Tudo perdeu a origem. Estás exilado num quarto, impossibilitado de moveres o corpo. Ainda não morreste, isso seria um grande movimento para compreenderes, enfim, o estado mineral das coisas. Me recordo da noite em que bati à tua porta com uma carta de recomendação. Não me esqueço de tua hostilidade e de como absorvi (traduzir não é servir de esponja para as palavras estrangeiras?) o ar frio da montanha. Fomos honestos nesse encontro e pela vida inteira. Ásperos, pouco contentes com o resultado dos teus poemas em meu idioma. Outras vezes decepcionados com tua versão original – *poemas não são cogumelos*, dizias: *são venenosos quando salvam a alma de alguém.* Tudo isso aconteceu antes, quando tínhamos algum medo. Tua companheira escreve diante da lareira. Teus olhos se apagam. Sem que seja importante para ti ou para mim, assino meu nome nesse que é o teu primeiro poema.

2

Durante anos fui traduzido pela tua poesia. A parte mais íntima de mim, assim como tu, aceitou ser chamada de Storni. Antes de tua morte, estremeci lendo o que escrevias. Quando eu te lia, sabendo que havias desaparecido, me desprendia dos gestos premeditados. Eu estava fora de mim, dentro da gema imprevisível. Os dias corriam sem que eu entendesse onde estava o começo ou o fim da vida. Fui sendo através de ti, mas culpando-me pelo teu silenciamento. Decidi escrever sobre tua escrita, aprendendo os declives onde caías. Senti quando torceste o tornozelo na viagem a Sils Maria: o médico pressionou teus ossos e meu pulso dizendo que deveríamos pisar com menos força dali por diante. Não sei se essa fusão pareceu estranha à senhora do hotel: de repente seus hóspedes entravam e saíam num mesmo corpo. Evitamos subir a montanha depois da sugestão do médico. Ele foi atencioso ao nos dizer que, há algum tempo, tínhamos nos multiplicado em um. Como estávamos em país estrangeiro, seria melhor entregar um dos nossos passaportes às autoridades. Não deixamos de rodear o lago. Talvez ali pensaste em sair da escrita. Eu estava em ti e recusei com veemência tua decisão. O lago encostado à montanha insinuava que o mundo estava protegido. Dentro de ti me senti pronto para nunca escrever um poema. Porém, depois que o mar te escondeu, tua escrita me libertou anfíbia.

GUSTAVO PACHECO

COM ROSTO, SEM ROSTO

1

Eu era um pouco mais velho do que ele é hoje, tinha uns treze ou catorze anos, quando parei de comer carne.

2

A vantagem de ser um animal racional é que você consegue encontrar uma justificativa para qualquer coisa que você faça.

3

Fomos almoçar no melhor restaurante de frutos do mar da cidade. Ele tinha quatro anos de idade. Quando ficou cara a cara com o imenso peixe prateado, começou a chorar. Chorava baixinho, devagar, como um adulto chora quando está sofrendo por amor.

O garçom levou o peixe embora e trouxe-o de volta transformado numa pilha de pedacinhos irreconhecíveis. Achei que mesmo assim ele não comeria o peixe, mas alguns minutos depois, mais calmo, ele comeu sem problemas.

Uns dois meses depois dessa história do peixe, ele chorou do mesmo jeito, igualzinho, diante de um prato de filé com fritas. Claro que o filé não estava inteiro, já vinha cortadinho, como convém a um "prato infantil". Eu perguntei a ele qual era o problema. Choramingando, ele apontou as batatas. Foi aí que percebi as carinhas redondas e sorridentes.

4

As pessoas que trabalham na matança costumam apresentar três tipos diferentes de comportamento: o mecânico, o sádico e o ritual.

O comportamento mecânico é o mais comum. A pessoa trabalha como se estivesse apertando parafusos numa linha de montagem. Conta piadas, conversa sobre o tempo. Ela não sente nada de especial em relação ao seu trabalho, é um trabalho como outro qualquer. Essa naturalidade é adquirida. Nos primeiros dias de trabalho, quase todos ficam perturbados, mas acabam se acostumando.

O ser humano se acostuma a tudo.

5

Quando ele fez seis anos, morávamos no México. A mãe comprou uma *piñata* em forma de dinossauro sorridente com olhos esbugalhados, verde, imenso, maior do que ele.

No dia da festa, enchemos o dinossauro de doces e o penduramos numa corda atravessada no jardim. As crianças, excitadas, fizeram fila para bater no dinossauro com um pedaço de pau até que o papel machê se rasgasse e os doces desmoronassem em cima delas.

Percebendo o triste fim que aguardava o dinossauro, ele começou a chorar alto, com raiva, como se acabasse de descobrir que foi traído. Revoltado, disse que não queria que batessem no dinossauro.

Eu disse: Festa mexicana sem *piñata* não é festa. Você já foi a várias festas, já bateu em muitas *piñatas*. Você sabia que o dinossauro seria destruído.

Ele disse: É, eu sabia. Mas eu não tinha *visto*.

Eu o segurei no colo, dei um abraço apertado e expliquei que se a *piñata* não fosse destruída ela ia ficar muito triste e chateada, afinal as *piñatas* foram feitas para serem destruídas, esse é o objetivo da vida delas. Imagine a *piñata* pensando que todas as suas amigas e colegas foram destruídas, menos ela... Ela ia se sentir muito sozinha, não é verdade?

Não sei se ele se convenceu ou se só ficou confuso, mas parou de chorar.

No fim da festa, de cabeça baixa e em silêncio, ele recolheu e levou para o quarto os pedaços que haviam sobrado do dinossauro: a cabeça, o rabo, duas patas.

6

O comportamento sádico é quando a pessoa começa a gostar da matança e comete atos desnecessários de crueldade contra os animais.

Um comentário típico de alguém que se comporta assim é: Eles são apenas animais.

O ser humano costuma justificar sua crueldade por meio da depreciação daquilo que é objeto da sua crueldade.

7

Uma das definições possíveis de «criança» é «alguém que ainda está autorizado a tratar um dinossauro verde de papel machê como um ser vivo e consciente, dotado de inteligência e sentimentos».

8

O comportamento ritual é bem menos comum que o comportamento mecânico. Ele acontece quando a pessoa emprega alguma espécie de procedimento simbólico para a matança, seja decorando ou batizando de algum modo o local da matança, seja fazendo alguma prece ou ritual na hora do abate. O primeiro exemplo que vem à cabeça, é claro, é das pessoas que trabalham nas matanças que obedecem às regras religiosas judaicas ou islâmicas. Mas não é incomum que outras pessoas criem seus próprios rituais personalizados. Qualquer ato de submissão ritual antes de matar um animal é uma forma de reconhecer que tanto nós como eles estaremos frente ao desconhecido na hora da morte.

O ser humano precisa de rituais.

9

Um ano depois, já no Brasil, converso com ele sobre a festa de aniversário de sete anos. Pode ficar tranquilo que esse ano não vai ter *piñata*, eu digo.

Ele fica em silêncio alguns instantes, depois aperta os olhos e começa a chorar, baixinho.

10

Se você sentir que seu filho não está pronto para saber a verdade, tente adiar a descoberta. Uma das maneiras de fazer isso é não usar o nome do animal ao falar de comida — dizer *nugget* em vez de *frango*, *bife* em vez de *vaca*, *bacon* em vez de *porco*.

Se não houver jeito, apele para as leis da natureza. Explique que os humanos comem vacas, porcos e galinhas assim como os pássaros comem minhocas e os leões comem antílopes.

Os especialistas consultados dizem que o melhor caminho é ser honesto, mas não brutalmente honesto. É melhor dizer a verdade, mesmo se tiver que usar eufemismos, do que mentir.

11

O que você acha dos seres humanos comerem outros animais?

[*Distraído*] O quê?

O que você acha dos seres humanos comerem outros animais?

Olha... Eu acho que todo mundo deveria ser vegetariano. Só que carne é bom demais. É tipo a maçã do paraíso.

Por que você acha que todo mundo deveria ser vegetariano?

Porque... seria meio caminho andado pra salvar o planeta Terra da poluição.

[*Silêncio*]

Você vê alguma diferença entre os bichos que você ama e os bichos que você come?

Eu já pensei nisso algumas vezes e nunca achei uma resposta.

Você acha que tem bichos que a gente deve comer e outros que a gente não deve comer?

Não. Por exemplo, na China comem cachorro.

Tem algum bicho que você não comeria?

[*Pensa um pouco*] Macaco.

Gato você comeria?

Eca, não! Eu não comeria gato. Cachorro eu só comeria se fosse pra minha sobrevivência. E eu também não comeria macaco.

Vaca você come.

Como, porque eu não vejo elas sendo mortas.

E se você visse?

Eu seria vegetariano na hora.

[*Silêncio*]

Você não vê, mas você sabe o que acontece.

Sei.

Então qual a diferença entre saber o que acontece e ver com os próprios olhos?

[*Pensativo*] Não sei...

Você sabe mesmo como as vacas são mortas?

Não. Não responde, não responde, por favor!

[*Silêncio*]

Você é uma das pessoas mais curiosas que eu conheço, está sempre fazendo perguntas, mas isso você não...

[*Interrompendo*] Mas eu não quero saber isso.

Por quê?

Porque eu vou ficar com pena dos bichinhos.

[*Silêncio longo*]

Então me conta só o que você sabe.

Sobre como mata os animais?

É.

Bom, eu sei que a maneira original de matar galinha, tipo nas fazendas... Simplesmente cortavam a cabeça fora com um facão. E os porcos... Sei lá, acho que fazem a mesma coisa...

E as vacas?

As vacas, eu não tenho nenhuma ideia.

Como você imagina?

Sei lá. [*Pensativo*] Deve demorar pra cortar a cabeça de uma vaca. É grande a cabeça de uma vaca.

Imagine que há uma vaca na sua frente. Como você acha que ela é morta?

Sei lá... Com uma injeção? Não sei.

Use a sua imaginação.

Eu não tenho imaginação pra imaginar como matam uma vaca.

[*Silêncio*]

Você já viu uma vaca morta?

Não. Só vi pedaços, no supermercado.

E o que você sente quando vê pedaços de vaca no supermercado?

Eu sinto que aquela vaca deve ter sentimentos, que aquela vaca talvez tenha um bezerro... Que aquela vaca talvez tenha tido uma vida feliz... Mas tudo foi pro beleléu. [*Olhando para o chão*] Tô quase chorando aqui...

[*Silêncio*]

Desculpe, não quero fazer você chorar. É que eu estou realmente querendo saber como você pensa nessas questões. Eu penso nelas, mas eu penso da minha maneira, você deve pensar de outro jeito. E eu estou descobrindo coisas que eu não sabia. Eu não sabia, por exemplo, que você não sabe como as vacas são mortas.

Acho que eu não quero saber.

Você prefere continuar comendo vaca na ignorância?

É. Eu também não sei como é feita a salchicha.

Quer saber como é feita a salsicha?

[*Rindo nervoso*] Não, não, não, não!

Você gosta de salsicha?

Gosto.

[*Silêncio longo*]

Você acha que ter bicho em casa muda a sua relação com comer carne?

Não.

Por que não?

Porque você sabe que os bichos são de raças diferentes.

[*Silêncio*]

Tem certeza que você não quer mesmo saber como as vacas são mortas?

Não, não, não. Eu já disse que não quero.

[*Quinze minutos depois*]

Tá bom, então me conta como as vacas são mortas.

12

A eletronarcose, a marreta e o corte de medula ou choupeamento ainda são muito usados no Brasil, apesar de os dois últimos métodos serem proibidos. Mas a forma mais comum é mesmo a pistola de dardo cativo (com ou sem penetração).

Na insensibilização por dardo cativo, as principais causas de insucesso no atordoamento estão relacionadas à falta de manutenção dos equipamentos, cansaço dos funcionários e falhas de desenho ergonômico dos equipamentos — que em geral são muito pesados e volumosos e não possuem os contrapesos adequados (GRANDIN, 1997). O cansaço dos funcionários, acrescido do mau desenho dos equipamentos de ar comprimido, contribui para que o atordoador erre o local recomendado para o disparo na cabeça do animal.

Em um de seus estudos (GRANDIN, 1999), GRANDIN relatou que um animal bem atordoado apresenta, logo após o disparo, um colapso, caindo no chão. Em seguida este entra na fase tônica da convulsão cerebral, havendo a flexão e enrijecimento dos membros que dura em média 10 a 15 segundos após o atordoamento e logo depois entra na fase clônica, onde iniciam os movimentos com as patas ("pedaladas").

Deve ser observada a presença de rotação dos olhos ou nistagmo, pois essa resposta é em geral associada a um atordoamento superficial. O olhar deve apresentar-se fixo e vidrado. Na calha de sangria, após içar o animal, deve-se observar a protusão da língua, que indica que o masseter, músculo da mandíbula, está relaxado, a ausência de respiração rítmica, a ausência dos reflexos oculares palpebrais e corneais, bem como a ausência de reflexos de dores, que são testados principalmente na narina e na língua. GRANDIN (1999) considera que somente a presença de respiração rítmica é indicativa de que o animal está sensível.

13

Foi ele quem me contou a história de Temple Grandin, a mulher que inventou a máquina de abraços. Quando eu perguntei onde ele tinha ouvido essa história, ele foi ao quarto e voltou com o livro que eu tinha dado a ele no Natal, *100 fatos incríveis sobre o corpo humano.*

Aos dois anos, ela ainda não falava. Ela começou a mostrar sinais de uma condição chamada autismo.

Seu autismo significava que ela era facilmente perturbada por ruídos altos e ao ser tocada.

Grandin foi enviada à fazenda de sua tia no Arizona. Ela ficou fascinada ao assistir os fazendereiros acalmando o gado usando máquinas compressoras.

Grandin construiu sua própria máquina de abraçar para ajudar a controlar sua ansiedade. Ela descobriu que sua ideia funcionava para outras pessoas e animais.

Ela percebeu que ficava incomodada e tensa com os mesmos barulhos que incomodam as vacas: sons agudos, apitos, ruídos altos e repentinos. Percebeu que um toque firme a acalmava, mas um toque suave a assustava, assim como acontece com as vacas. Percebeu que ela e as vacas tinham muito em comum e se esforçou para ver o mundo do ponto de vista das vacas. Foi assim que se tornou a maior especialista do mundo em bem-estar animal. Por mais de quarenta anos, ela pesquisou não só o comportamento dos animais, mas também o comportamento das pessoas que os matavam. Hoje, matadouros de todo o mundo usam mecanismos, recomendações e rotinas de trabalho desenvolvidas por ela.

Uma de suas invenções mais conhecidas são os corredores redondos por onde o gado passa na hora de ser abatido. Essa invenção nasceu de duas constatações: primeiro, o desenho curvo aproveita o comportamento natural do gado, que é descrever círculos; segundo, e mais importante, as curvas impedem que o gado veja o que está no fim do caminho.

14

Fiquei pensando se você queria me fazer alguma pergunta. Te fiz tantas perguntas...

Tudo bem.

O que você quer saber?

Pai, por que você parou de ser vegetariano?

[*Silêncio*]

Olha... por várias razões. Mas acho que a razão principal foi uma viagem que eu fiz. Eu passei um mês com os índios ticunas, no rio Solimões. Já te contei isso?

Não.

Isso foi alguns anos antes de você nascer.

E o que aconteceu lá?

No primeiro dia em terra indígena, pouco depois de chegar, vi um índio matar um filhote de jacaré com uma pancada na cabeça. Ele colocou o jacaré pra cozinhar numa espécie de grelha e depois me deu um pedaço. Eu nunca tinha provado jacaré, não sabia quando teria outra chance de provar. Provei. E gostei. É uma carne branquinha, muito leve. Foi a primeira vez que eu comi um bicho que tinha sido abatido na minha frente.

E aí?

Aí, no dia seguinte, o mesmo índio me trouxe um pedaço de paca.

Paca, aquele bichinho fofinho?!

É.

Puxa...

A vaca não é fofinha também?

É...

Mas você come ela.

Como...

[*Silêncio*]

Então. Depois da paca, eu provei veado, queixada... Comi todos os bichos que eles caçavam. Só não consegui comer macaco. Era demais pra mim.

É o mesmo bicho que eu não comeria de jeito nenhum.

É... Mas o resto, comi tudo. Passei um mês comendo carne de caça todo dia. E gostei.

[*Silêncio*]

Foi assim que deixei de ser vegetariano.

15

A experiência com os índios ticunas me fez pensar no que perdemos quando o ser humano deixou de ser caçador e coletor e passou a investir na agricultura e na pecuária.

São muitos os estudos que mostram que as sociedades de caçadores e coletores são muito mais igualitárias do que as outras. Se você vive perambulando pela mata, não pode acumular muitos pertences. As noções de propriedade privada, riqueza e pobreza são completamente diferentes das nossas. Sem pertences, você não tem como ser roubado.

O gado é uma das formas mais antigas de riqueza; talvez a mais antiga.

O roubo de gado é uma das formas mais antigas de roubo; talvez a mais antiga.

16

Me conta alguma história engraçada de quando você era vegetariano.

História engraçada... Hmm... Deixa eu ver... Não sei se é engraçada, mas é a que eu me lembro agora. Quando completei dez anos sem comer carne, viajei à Argentina pela primeira vez. Achei que era um bom momento pra comer carne de novo e ver o que aconteceria comigo, como meu corpo reagiria. Pedi a um amigo argentino pra me levar a uma *parrilla*. Passamos mais de duas horas comendo e bebendo. Comi partes da vaca que eu nem sabia que existiam. Me lembro de um garçom de gravata borboleta trazendo uma chapa quente onde tinha uma coisa meio arredondada, esbranquiçada, parecia quase um doce. Eu me lembro do nome: *molleja*. Era gostoso. Depois descobri que era uma glândula...

Eca.

É, é uma glândula chamada timo. Os humanos também têm. Só que esse era o timo da vaca.

E aí?

Aí eu saí da *parrilla* e fui direto pro hotel. Achei que ia acontecer alguma catástrofe. Fiquei deitado, esperando.

E o que aconteceu?

Nada.

Nada?

Nada.

E depois?

Depois, passei mais nove anos sem comer carne.

Essa história não é nada engraçada.

É, eu sei.

17

Segundo o estudo neozelandês, quem se abstém do bife e do hambúrguer desenvolve uma tomada de consciência sobre seu próprio corpo e o do outro que o leva a considerar moralmente repugnante e eticamente inaceitável ter relações íntimas com carnistas ou sequer beijar alguém por cujos lábios tenham passado pedaços de alimentos de origem animal e cujo corpo seja sustentado por restos de cadáveres.

Ainda segundo o estudo, as mulheres manifestam particular repulsa pelo envolvimento íntimo com carnistas. Algumas, apesar de não se identificarem como vegansexuais (por considerar alguns homens não veganos atraentes), têm o vegetarianismo como critério preferencial na escolha de seus parceiros. "Os corpos não vegetarianos cheiram diferente", disse uma das entrevistadas no estudo.

A professora Ana Carolina Soares, 22 anos, é vegana há um ano. "Eu decidi que não queria mais contribuir para a exploração animal", diz. Desde então, prefere sair só com quem pensa da mesma forma que ela. "Já desisti de encontros ao descobrir que a pessoa era carnista, porque eu já passei por isso e sei que as diferenças vão aparecer em algum momento", diz.

A engenheira Tatiana Corsini, 35, é vegana há seis anos e está à procura de um par. "Eu tentei durante quatro anos ser vegansexual, mas moro em João Monlevade, no interior de Minas Gerais, e aqui quase não tem vegano. Até hoje não consegui me relacionar com um vegano ou vegetariano", conta.

18

Ah, lembrei de outra história de quando eu era vegetariano...

Conta.

Uma vez, fui numa festa num terreiro de umbanda que eu estava pesquisando. Eu levei muito tempo pra conquistar a confiança do pai-de-santo, um velhinho de mais de 90 anos. Ele afinal me convidou pra festa que ele fazia uma vez por ano, só pra convidados. Quando cheguei lá, tinha uma fila pra falar com ele, eu entrei na fila. Quando chegou mais perto, eu vi que tinha uma bacia do lado dele, cheia de carne moída. Crua, bem vermelha.

Caramba.

Ele pegava uma colher da carne crua, colocava na mão da pessoa na frente da fila, a pessoa comia, saía e entrava outro. Eu fiquei uns vinte minutos na fila até chegar a minha vez. Tinha muitos anos que eu não comia carne. E era carne crua! Eu fiquei com nojo. Não queria comer de jeito nenhum. Mas, se eu não comesse, ele com certeza ficaria chateado, não ia querer mais falar comigo. Meses de trabalho por água abaixo. Eu pensei muita coisa naqueles vinte minutos...

No quê?

Ah, pensei não só na minha escolha de não comer carne, até onde eu estava disposto a ir pra manter essa escolha, mas pensei também nas escolhas em geral, pensei nesse limite que existe entre você ser uma pessoa flexível, que se adapta às coisas, mas não tão flexível a ponto de abrir mão do que é essencial pra você.

E você comeu?

Comi.

E aí?

Não era carne crua. Era pão amassado com vinho.

19

O ser humano nunca comeu tanta carne. E só se come tanta carne por duas razões: porque a tecnologia nos permite, e porque toda essa carne é produzida bem longe da vista da grande maioria das pessoas.

A história da produção industrial de carne não é apenas uma história de evolução técnica. É também uma história de dissociação entre o "animal" como um ser inteiro, uma totalidade feita de várias partes, e a "carne" como um objeto abstrato, sem história, sem identidade.

E sem rosto.

20

Pai, por que você parou de comer carne?

Não foi por uma razão só... Mas aconteceu uma coisa que foi importante. Eu já tinha lido alguns livros, já achava que carne não fazia bem pra saúde...

Tinha mais alguém vegetariano na família?

Não.

Que coisa foi essa que aconteceu?

A mãe de um amigo meu comprou um porco inteiro, congelado, e pediu pra nós dois ajudarmos ela a carregar. Ela abriu a mala do carro e eu vi um vulto enrolado num plástico. Parecia um cadáver.

Era um cadáver.

É, mas parecia um cadáver *humano*. Sabe aqueles filmes em que alguém abre a mala do carro e tem um corpo lá dentro?

Sei.

Então, eu me senti num filme policial. Me senti como se eu fosse parte de uma gangue que precisava se livrar de um corpo. O meu amigo segurou de um lado e eu segurei do outro. Só que o porco era bem mais pesado do que a gente pensava. A gente foi andando até a portaria do prédio, e no caminho o plástico rasgou e eu vi o porco.

Como ele era?

Ele era rosado e muito esquisito. Parecia meio mumificado, sei lá. O pior foi ver a cara dele. Ele tinha os olhos fechados. Esses olhos fechados me assombraram por muito tempo.

[*Silêncio*]

Ainda bem que ele não estava com os olhos abertos, né, pai?

21

Eu tinha uns dez ou onze anos, mais ou menos a mesma idade que ele tem hoje, quando descobri na casa do meu tio uma revista de mulher pelada. Senti vontade de roubar a revista mas desisti, não me lembro exatamente por quê. Talvez eu tivesse medo de que meu tio desse pela falta, ou que alguém descobrisse a revista comigo. Por uma razão ou por outra, resolvi recortar só alguns pedaços da revista. Mas não recortei páginas inteiras; recortei só aquilo que me interessava, o secreto, o desconhecido, o que não estava ao alcance dos meus olhos: só os peitos e as bocetas. Meti os recortes cheios de pentelhos e mamilos no bolso e fui para casa, excitado.

Foi uma tremenda surpresa quando descobri que não conseguia sentir tesão por aqueles pedaços abstratos da geografia feminina, aqueles retalhos de carne sem sentido. Eu precisava de algo que desse unidade àqueles peitos e bocetas, que me fizesse sentir que eram partes de um todo. Era esse todo que me excitava, e não as partes.

Eu precisava de um rosto.

VERONICA STIGGER

COLÉGIO

Estavam todos mortos, mas não sabiam. Ou fingiam não saber. Eram quarenta e oito ex-colegas de escola e tinham quarenta e oito anos. Os três que haviam morrido mais jovens não apareceram, embora houvessem sido convocados. Vestiam calças cinza escuro e camisetas vermelho vivo. Alguns achavam que o traje fora escolhido em referência ao antigo uniforme escolar. Mas não, segredou-me ao ouvido Sandro, que havia acabado de parar ao meu lado sem que eu percebesse sua aproximação. Fora escolhido pela própria Muntagna: designava pelas cores os dois principais momentos de sua lava, ardente e petrificada. Todos — homens e mulheres — tinham os cabelos raspados, como se fossem reclusos de um antigo sanatório ou integrantes de alguma seita por vir, e andavam em fila indiana. Seguiam a pé — muito sérios e sem trocar palavra — em direção à Gruta da Neve, que, depois do começo do mundo, voltou a se chamar Colégio. Nada em suas aparências indicava que estivessem mortos. Suas bochechas estavam rosadas e suas peles — talvez excessivamente elásticas e brilhantes — douradas pelo sol de verão. Suas carecas resplandeciam à luz do amanhecer. E seus movimentos eram ágeis. Momentos antes de iniciarem a longa caminhada, ainda de madrugada, podiam ser vistos sentados no chão, na parte mais baixa da *vulcanessa*, com as pernas cruzadas à frente (como faziam nas aulas de artes quando crianças) a trançar cestas de palha com tal celeridade que suas mãos pareciam máquinas. Eram estas cestas que carregavam agora às costas, presas às cabeças por uma alça tramada na borda. Dentro de cada cesta, havia uma pá, um pouco de feno e um monte de folhas secas. Subiam pela estrada de pedras vulcânicas, que lembrava as antigas vias romanas, mantendo sempre uma mesma cadência — nem lenta, nem acelerada —, como se marcassem o ritmo de uma música inaudível. Levaram quase três horas para chegar ao Colégio, que se localizava a mais de mil e cem metros acima do nível do mar. Ao transpor a cerca de madeira que o rodeava, desfizeram a fila indiana. Circundaram o telhado de palha que eles mesmos haviam tramado no inverno para cobrir a entrada da gruta: uma imensa boca de vinte metros de diâmetro aberta na altura do chão, com uma profundidade de dez metros. O telhado era grande o suficiente para esconder o interior e estava colocado sobre uma espécie de ponte de lava petrificada que ligava os dois lados da embocadura, a mais ou menos um metro e meio acima do chão. Largaram as cestas ali perto, seguraram as bordas do telhado e, juntos, contaram até três, depois do que ergueram a cobertura acima de suas cabeças. Só ao ver o telhado erguido, notei que eles haviam se organizado desde o começo por ordem de altura para que, quando chegasse este momento, não fosse preciso que os mais baixos andassem na ponta dos pés como bailarinas. É verdade que o telhado ficava em desnível, mas, pelo menos, parecia firmemente sustentado. Caminharam com ele erguido alguns metros à esquerda, onde havia um descampado, e o depositaram no chão. Recuperaram as cestas e retornaram ao Colégio, circundando novamente sua entrada, agora aberta. Do alto, via-se uma cama de folhas secas, a menos de meio metro da borda. Contaram novamente, em uníssono, até três e, em seguida, pularam em cima das folhas com as cestas às costas. Uma vez dentro da gruta, empilharam as folhas num canto, revelando uma nova camada, esta de feno, que arremessaram para fora com as pás. Embaixo, havia gelo recolhido por eles mesmos no inverno e ali armazenado para chegar ao verão. Quando a Muntagna se cobria de neve, contou-me Sandro, eles apareciam com as mesmas calças cinza escuro, mas com grossas japonas vermelhas de náilon e as cabeças protegidas por gorros de lã também vermelhos, compactavam com as pás os flocos de gelo e os guardavam nas cestas trançadas ali mesmo momentos antes. Largavam então o gelo no Colégio, despejavam sobre ele feno e folhas secas para preservar a temperatura que, naquela gruta, era sempre baixa, e se juntavam para trançar o telhado em palha. Desde quando eles fazem isso, perguntei a Sandro, evitando voltar-me para ele. Pelo canto do olho, notei que ele também vestia calças cinza escuro e camiseta vermelho vivo, mas não estava com a cabeça raspada: exibia sua cabeleira loira com o mesmo corte de quando nos vimos pela última vez havia mais de três décadas, segundo a antiga contagem. Desde o começo desta era, respondeu-me ele, também sem se virar. E por que você não está entre eles, perguntei ainda. Pela mesma razão que você também não está, respondeu-me. Ao contrário deles, vimos nossas sombras no fundo do poço naquela madrugada de São João, completou. Sua voz não era mais a mesma. Ou eu me esquecera de como ela era. De qualquer modo, não saberia dizer o que havia mudado. Suspeitava que não era o timbre, mas o ritmo e o volume da fala: mais pausado, mais baixo, quase num sussurro. Parecia cansado. Sandro, na verdade, nunca fora muito vivo. Compreendi de súbito que ele tinha, desde sempre, quarenta e oito anos. Hoje seria São João se continuássemos a computar o tempo da mesma maneira que antes, eu disse. Eu sei, respondeu-me ele e calou-se. Os ex-colegas quebraram o gelo com as pás, juntaram os pedaços e encheram as cestas de palha. Taparam o gelo de novo com feno e folhas secas, ajeitaram as cestas nas costas e escalaram, com uma certa dificuldade, as pedras de basalto que recobriam as paredes internas do Colégio. Uma das mulheres — aquela que na infância se fantasiava de Branca de Neve — caiu ao tentar escalar a parede escorregadia. O mais alto e forte da turma, que já estava do lado de fora do Colégio, pulou de novo para dentro para ajudar a colega. Ofereceu-lhe um pezinho, e ela conseguiu sair da gruta. Todos se puseram em fila indiana por ordem de altura, tomaram a estrada de pedras vulcânicas e desceram em direção à cidade. Já era depois do almoço quando alcançaram o *trailer* de granita do Victor, que os esperava lá dentro, sentado num banco alto, com os braços cruzados e apoiados na bancada que se estendia de lado a lado na imensa janela aberta. Ele vestia uma camisa branca de *chef* com frisos em vermelho vivo, a mesma cor de sua calça. Sua cabeleira loira se parecia com a de Sandro, que — só agora percebia — já não estava mais conosco. Victor também tinha quarenta e oito anos — e isso era impossível. Seu *trailer* era todo branco recoberto de motivos primaveris: folhas, flores e pequenos galhos pintados por ele mesmo em espiral nas cores vermelho, verde, azul, rosa e amarelo. Ao ver o grupo se aproximar, Victor se levantou e abriu a porta, permitindo que cada um entrasse e depositasse no recipiente adequado o gelo recolhido. Feito o serviço, os ex-colegas apanharam suas cestas e, sempre em fila indiana, seguiram de volta para a Muntagna. O sol já se encaminhava para o ocaso quando Victor terminou de preparar as granitas. Tinham mais de vinte sabores diferentes. E não havia vivalma para comprá-las. Aproximei-me então do *trailer*. Apalpei os bolsos da minha calça cinza escuro e encontrei uma última moeda. Estendendo-a ao Victor, perguntei qual sabor ele recomendava. Jasmim, respondeu-me. E é bom? Os sicilianos gostam.

EM BUSCA DAS OUTRAS LÍNGUAS MATERNAS: IORUBÁ

ORÍKÌ FÚN ÈṢÙ

Èṣù o, Èṣù Ọ̀dàrà
Èṣù Láàlú ògiri òkò
Ajọ́ngọ́lọ̀ ọkùnrin ogun
Agó-n-gó ọ̀gọ
Bàrà ti n jẹ Látọọ́pa
Alóju nílẹ̀ fi imú sunkún
Abáni lálejò bi ogun dó tìní
Abáni wọ́ran bá ò rí dá
Ò gbégi ṣòòṣò bojú owó
Ò kẹ́sẹ̀ ẹlẹ́sẹ̀ bọ ṣọ̀ọ̀lọ̀

Jẹ́jẹ́ lẹlẹ̀kún n sunkún
Láaróyè dé bẹ̀ ó n sun èjè
Jẹ́jẹ́ lonínú n ṣù nú
Láaróyè dé Ibẹ̀ ó n sù fun
Jẹ́jẹ́ lonijà n jà
Láaróyè dé bẹ̀ ó yọ ọ̀bẹ

Èṣù láàlú òkiri òkò
Láaróyè Ẹbọra tí n jẹ Látọọ́pa
Ọkùnrin kúkúrú, ọkùnrin gògòrò
Ọkùnrin pẹ́kẹ́ bí òrí àtàná
A yí kọ́ndú si ẹ̀yin ẹlẹ́yin
Ó sọ̀rọ̀ àná dọ̀ní
Kí ojúmọ́ ó tóó mọ́
Tàkúté kakaka
ẹ̀bìtì kakaka
ẹ̀bìtì tí ó gbójú ò lè pa ìgbín
Pátákò ẹ̀kùn kakaka nìí ta ajá lẹ́nu
Èṣù má ṣe mi o
Ọmọ elòmìí ni o se o.

EM BUSCA DAS OUTRAS LÍNGUAS MATERNAS: IORUBÁ

CANTO A EXU

Exu Exu Odara
Exu Lalu ripa rija
homem belo de guerra
ferro que aferra feras
Bará Matador Latopá
não chora no olho e sim na venta
visitante que vem que nem guerra
enceta treta onde não tem
que sabe os óbices pra ser feliz
que cria encrenca e já desfaz

alguém chora agora no canto
Laroiê chega em pranto de sangue
alguém sofre um tanto no ventre
Laroiê chega em desinteria
alguém arruma um canto e briga
Laroiê puxa a faca arisca

Exu Lalu ripa rija
Laroiê ebora é Matador
homem baixo e homem alto
homem ágil feito vento
que pousa nas costas
que fala ontem hoje
antes do amanhecer
arapuca enlaçada
armadilha enlaçada
armadilha bruta não pega caramujo
pata de tigre não é leve em boca de cachorro
Exu não tire meu axé
só tire axé dos inimigos.

Tradução de Guilherme Gontijo Flores

JOÃO FILHO

DIÓGENES QUE VIROU QUARTA

Deu-se numa manhã de quarta-feira, dia favorável, claro e razoavelmente fresco, enquanto visitava a gráfica Albano, entre a Sete de Setembro e a Rua Direita da Piedade, fora buscar os convites de formatura de sua filha, encomendados na última semana. O desejo e o receio incubados em doses insuspeitas durante décadas irromperam e Diógenes Dias da Silva, mais um compulsivo e insatisfeito leitor cavador de sentidos em letras impressas, se viu dentro de um livro. É preciso dizer: um livro mal editado e versando sobre organização de finanças. O que era uma injustiça, ou, pelo menos, uma ironia com toques cruéis. Pois ele se importava especialmente com o conteúdo, mas — e é natural em homens com algum senso estético — também estimava edições bem cuidadas, não apenas aquelas que coadunavam praticidade e beleza. Entrou na gráfica, conversou com o gerente, ouviu a maquinaria e perguntou se poderia ver de perto o funcionamento. Foi. Hipnotizado pelo rodar do papel, aproximou-se e súbito deu-se!

Não havia mais possibilidades, pensou. Aquela sensação indistinta entre o desejo e o receio havia se concretizado: Diógenes se transformara numa página, a de número 75, do terceiro título de um escritor desconhecido, cujo livro foi parar entre várias pilhas empoeiradas no fundo de um depósito escuro e pouco visitado, na Rua Rui Barbosa.

Não era tomado por um estetismo extremo, a buscar um tipo sofisticado de encadernação, papel, tinta e tipologia apropriada, refinamento mórbido de certos bibliófilos, mais colecionadores do que leitores. Incomodava-o a vontade de evasão, singular porque apreciava viver, deleitar-se na carnalidade, não promíscua ou vulgar, apenas o gozo apropriado de que alguns homens se sentem merecedores. Nada demais ou novo; por exemplo, os elementos naturais: o vento no rosto, respingos de chuva, o silêncio madrugador, como a luz da manhã incidia sobre a copa de certas árvores; o sexo era doméstico, e não havia nisso qualquer desgaste ou tédio, amava sua mulher, e, como poucos, era possuidor da rara faculdade de exultar na repetição. Assíduo frequentador de sebos, e homem não dado a sentimentalismos — apesar do evasionismo que amiúde o afligia —, não raro se apiedava dos livros que, agora, ninguém mais leria. Inspecionava-os procurando traços biográficos do autor, do livro, de um possível antigo dono. Vibrava ao encontrar, esquecido no meio de uma brochura, qualquer recorte de jornal, anotações laterais, uma foto, marcadores, uma dedicatória etc. Inúteis tesouros perdidos.

Houve épocas de ele perder completamente o senso de hierarquia, da importância do que adquirir. E Diógenes era um leitor culto, engenheiro de formação, bem abalizado não só nos clássicos humanísticos. Em São Paulo, numa ruazinha lateral da Liberdade, onde permanecem quase inalteráveis até hoje quatro ou cinco sebos, Diógenes, magro, cabelos rareando, óculos fora de moda, calça jeans e tênis, comprou dúzias de tudo quanto é tipo de lixo. Sem pressa, escolhia e amontoava alfarrábios sem valia, cacarecos inusitados, coleções inteiras de enciclopédias de quarenta anos atrás, tratados de medicina veterinária ultrapassados, didáticos dos anos 1950, prateleiras com volumes e mais volumes serôdios de Direito, títulos e mais títulos de péssima poesia de várias épocas, o lixo editorial que ano após ano abarrota o mundo. Durou quase um ano esse desmantelo, e acarretou considerável problema familiar. Não havendo mais espaço no próprio apartamento, ele alugou outros. Não se poderia acusá-lo de automatismo, estado alterado de consciência ou coisa que o valha. Era realmente uma mania, uma obsessão tranquila no que diz respeito a sua aparência externa e mesmo interior, mas era uma mania dotada de razão. Punha tudo no mesmo plano, e defendia tudo com valores iguais. Jamais se perdia no seu relativismo. Argumentava com argúcia os pontos mais disparatados. Tornou-se um especialista do imprestável. Assim, como repentinamente a mania iniciou, sumiu. A família, parentes e amigos se viram livre do sábio em insignificâncias. Quem muito reclamou foram os donos de sebo. Perderam o cliente ideal.

A dupla face do amor de Diógenes Dias da Silva pelos livros, quer dizer, pelo conhecimento, a do desejo e a do receio, oscilava desde o momento em que decodificou a sua primeira frase. Desejou sempre, de modo impreciso, é verdade, participar daquilo, não escrevendo, entenda-se, mas vivendo. E receou a condenação desse tipo de vida, sua limitada possibilidade, apesar da permissão de planos, ou mundos, almejada. Cresceu, fez-se engenheiro, casou-se, vieram dois filhos e uma filha, e a estranha evasão não o abandonava. O que o afligia não era propriamente vontade de fuga, sentimento de inadaptação angustiada, esforço para escapar das responsabilidades reais cotidianas. Não. Quanto ao último item ele era um jovem senhor sério, mas nada severo, e unira saudavelmente seus movimentos interiores com os seus atos. O que o afligia era a inconciliação dessa face dupla de página e vida. Desse modo, em sua alma, foi se acumulando em camadas, sem que ele notasse, um espaço no qual essa aporia buscava resolução.

Ser página de um livro de finanças dum autor sem prestígio e ir parar sob uma pilha poeirenta com outros livros sem préstimo, inicialmente, assombrou Diógenes. Nada a ver com leviandades, ser cultuado e demais idiossincrasias contemporâneas. Não era do seu temperamento. Preferia o anonimato. O susto foi de outra ordem. Percebeu que pouquíssimas páginas haviam passado pelo mesmo processo que o seu. A grande maioria eram realmente páginas mortas, papel apenas. O diálogo mais próximo estava três pilhas adiante, e pelo percebido era uma página de índole depressiva, lamentosa. Não aceitava sua condição. O que fazer? Nada. Não havia mais possibilidades, pensava. Seu temor passou a pesadelo: amarelecer até a diluição total, ou, e isso era um prêmio, sonhar que traças competentes realizassem um bom serviço em tempo recorde. O acaso dum incêndio seria a glória, fios desencapados, infiltrações nas paredes... Contudo, Diógenes se contradizia. Isso era aceitar a sua nova condição? Desde sempre, ele sabia inexistir a débil linha divisória entre o real vivido e o papel impresso. Muitas vezes, é fato, memória e sonho se transfundiam a ponto da homogeneidade, sem que ele conseguisse separá-los. Ser página somente não bastava.

Assim: numa manhã de sol ou chuvosa — as condições climáticas, lugar e hora, nesse momento, são secundárias —, sairia de casa como saiu inúmeras vezes, iria trabalhar — ou outra ocupação qualquer — e pé ante pé entraria numa página — de preferência um romance de ideias —, aí daria continuidade aos seus afazeres. Ficando por lá algumas páginas, capítulos inteiros, quem sabe, e o retorno a sua faina cotidiana se daria sem maiores abalos. Nada de duplicações esquemáticas: duas vidas, duas famílias, duas ou mais personalidades etc. Nada disso. Daí que a ordem do susto foi de caráter efetivo. Diógenes, talvez inconscientemente, ou de forma desordenada, aspirava à fusão perfeita, o desfronteiramento, o trânsito sem obstáculos, a passagem sem pedágios entre a linha impressa e a linha-vida. A permissão de planos ou mundos era a sonhada síntese. A imaginação em parceria promíscua com a realidade.

Mais uma vez tentou conversar com o seu vizinho de pilha. Espremidos que estavam sobre tantos calhamaços suas vozes eram sussurradas, favorecendo o tom de desencanto dos dois. Diálogo chocho. O desespero contido suscitou um silêncio sem constrangimentos. Diógenes pensou na família. Nessas trivialidades do pensamento que costumam assaltar as pessoas — no caso, a página — em situações extremas. Não compareceu à formatura de sua filha. Flávia, sua esposa, deveria estar preocupadíssima. Quem pagou e pegou os convites? O pobre Diógenes não saberia dizer o tempo que passou como página. A luz quando chegava era rápida e pouca. Não havia como saber hora e dia. Nesse estado celulose descobriu que determinadas funções orgânicas e psíquicas permanecem: página dorme ou tem insônia, não perde o medo de envelhecer ou ser devorada por traças. Entre outros fatores. Contudo, sem que ele soubesse como, a situação mudou.

Numa manhã de quarta-feira se viu saindo do depósito, ganhando a rua e tomando um táxi. O taxista estranhou a roupa empoeirada, mas nada perguntou. Singular também foi chegar à sua casa e nem a família e, depois, nem os seus amigos e conhecidos notarem sua ausência; soube mais tarde, por quantas semanas ficou quarando como página. Ele bem que tentou entrar em detalhes, insistiu, mas Flávia, sua mulher, desconversou, e seus filhos comentaram o de sempre: — coisas do papai. Quis procurar um psicólogo, ou padre, ou, quem sabe, um filósofo. Confessou tudo detalhadamente ao seu amigo mais íntimo. Carlos ponderou, e, depois de alguns encontros, entendeu a sua vontade de ter ajuda filosófica. O seu problema não era de ordem religiosa ou psíquica, se bem que havia elementos dessas esferas, mas era, sobretudo, de cunho filosófico, mais precisamente gnóstico. Por trás da figura magra, aparentemente humilde, e algo desinteressada de Diógenes, Carlos reconheceu uma ambição terrível. Descontou do episódio-página a intromissão do sonho no real e do real no sonho. A indistinção de planos de que às vezes ele mesmo, Carlos, era acometido. Agora sabia que Diógenes desejava a identificação total, o apagamento da linha limítrofe entre quem conhece e o objeto conhecido, ambicionava integrar os vários campos científicos e penetrar tão profundamente em todas as coisas, no âmago do âmago, e que, no fim, pudesse dizer: é isto a vida. Carlos, em vez de se alegrar com tal projeto, se arrepiou. E passou a visitar mais o amigo. No entanto, ele sabia da impossibilidade de tal propósito e de seu pesadelo de onipotência.

Diógenes foi sutilizando sua pretensa capacidade. Estudou mais a fundo áreas do conhecimento que a um primeiro olhar pareciam díspares, como lógica analítica, história, biologia, e voltou a frequentar laboratórios de pesquisa avançada.

Sábado, pela manhã, sentava-se na varanda do seu apartamento em Nazaré, defronte à Praça e observava os trabalhos da luz incidindo sobre as árvores, no chão, nas pessoas, mas, principalmente, nas altas copas, entre os galhos das árvores centenárias. Aí morava o perigo. Pois conseguia um vínculo tão profundo com essa flora urbana que ele se perdia nessa aliança horas seguidas, e cada vez mais era difícil desassociar o que era ele e o que era árvore. Carlos foi visitá-lo.

Passou pela Praça em Nazaré, anunciou-se, o porteiro o fez subir, dentro do apartamento conversando com a família, reunida para o almoço do sábado, apesar do nervosismo subterrâneo que o incomodava, mas disfarçado, Carlos notou que a família nada temia ou suspeitava sobre o estado crítico de Diógenes. Indagou delicadamente e escutou o de sempre: — coisas do papai. O amigo o convidou e foram para a varanda, larga, agradável e sombreada quase todo o dia. Depois da troca de amenidades, Carlos tocou no assunto:

— O que você pretende é demoníaco! Cuidado!

— Ora, Carlos, não me venha com essas preocupações jesuíticas. Demoníaco? *Pourquoi?*

— Não brinque com o que você desconhece. Há uma demarcação necessária, vital entre o que podemos conhecer e o que conhecemos. E se você se transformar em página novamente?

— Aquilo? Será que aquilo realmente aconteceu?

— Como não? Você não desapareceu por completo? Não sentiu intimamente tudo o que me descreveu de quando ficou sob a pilha de livros velhos?

— Intimamente... Talvez não tenha passado de delírio meu. Ninguém deu pela minha falta, a não ser um e outro resquício...

— Que resquício?

— Nada. Nada demais.

— Como não é nada? Fala homem!

— É que, se antes eu achava que o episódio-página, como você o chama, se confundia com um sonho, aquele momento em que a memória nos engana, e não sabemos se sonhamos ou vivemos, agora eu tenho quase a absoluta certeza de que vivi, de que me transformei em uma página de um livro de quinta categoria. O resquício mais forte é que consigo relembrar fotograficamente todo o ocorrido. Até os sentimentos negativos.

— Está vendo?! Aconteceu, por mais surreal e absurdo que pareça, aconteceu. E por isso insisto no demoníaco. Se você conseguir o que pretende, de conhecer o real em sua totalidade, não saberá distinguir o que é objetivo e o que não é. Por telefone você não me descreveu essa sua "comunhão" com as árvores lá embaixo na praça?

— Descrevi.

— Pois é. Na contemplação pura e simples, como descrita pelos místicos, o observador não se perde completamente, ao contrário, eles entram no estado de uma relação de reciprocidade, o eu não se dissolve por assim dizer. Aquilo que é contemplado não se torna jamais objeto de manipulação e vice-versa. Você está se diluindo no que contempla. Por isso, meu amigo, mais uma vez, peço cuidado!

Diógenes suspendeu a respiração um instante, mas não recuou de todo.

— Pode até ter alguma verdade no que você está dizendo, mas essa dissolução é negativa? Não traria avanços únicos para nós?

— Nós?

— A humanidade, quero dizer. Conhecendo cada vez mais profundamente o que é isto aqui — faz um gesto circular indicando o entorno —, poderíamos e podemos conquistá-la, dominá-la.

Carlos, por sua vez, cita — com todas as modificações de que a memória é capaz — um filósofo amigo seu:

— Mas o mundo, as pessoas, as coisas, enfim, isto que hoje está tão em moda, o real, independe dos nossos desejos de conquista, de poder. Nós somos limitados por natureza, é uma demarcação inerente, não pode ser apagada. Não porque não somos avançadinhos o bastante até o momento, mas porque somos contingentes. E para arrematar com grandiloquência, somos precários e provisórios.

— Que bonito! Mas não me diz muito.

— Pois deveria.

A conversa gira nesse tom e conteúdo mais um pouco até a mulher de Diógenes chamar os dois para o almoço.

Dias depois, Diógenes volta ao depósito localizado na Rua Rui Barbosa à procura do livro, ou melhor, do sujeito que também tinha virado página, e com quem ele tentou entabular diálogos. Estava tudo fechado. Procurou os donos do sebo que ficava próximo e disseram que o depósito havia sido desocupado dois dias antes. Para aonde fora levado o material ninguém soube responder. Desafiando a própria sorte, pois já se encontrava em um estado estranho de vontade férrea e dispersão, ele caminhou até a gráfica Albano, desejava conferir e reavaliar como se deu sua transformação em página. O primeiro sentimento, a vontade férrea, era um composto encorajado por certos domínios do saber e a certeza categórica de que podia avançar incólume na direção desejada sem temer possíveis empecilhos ou consequências. Sentimento normalmente confundido com o destemor dos desbravadores, essas figuras que confiadas no próprio instinto e inteligência descobrem cidades perdidas, novas vacinas, um veio inaudito na filosofia e nas artes etc. Não era o caso de Diógenes. O segundo sentimento, a dispersão, ele não saberia menos ainda explicar. Porém, o pressentimento não muito distante de que as palavras do seu amigo Carlos sobre a contemplação mística começavam a fazer sentido.

Desceu a Praça Castro Alves, subiu a Carlos Gomes, sempre pairando mentalmente acima do ambiente, da confusão lógica e constitutiva do centro de Salvador. Via, ouvia, cheirava e considerava tudo menor: as massas de pedestres que se deslocavam em várias direções, apressadas e suarentas, o vozerio incessante dos vendedores, pedintes e passantes mesclados numa sinfonia grotesca com o barulho do trânsito, o amálgama de fedores, frituras e aquele eventual perfume que uma mulher anônima deixa num rastro rápido de passagem. Diógenes era o observador que não se deixa influenciar e friamente examina. Entra na gráfica Albano, conversa com o gerente e pede para ver o maquinário. Está em atividade. Recorda-se do instante em que foi prensado e impresso como num passe de mágica na página 75 do livro de finanças, tem uma vertigem, titubeia por entre máquinas e papéis, roda, vai cair, mas um funcionário o segura e o senta numa cadeira. Por azar, perto de uma pilha encalhada do livro de que ele fez parte. Fazem-no cheirar álcool, vai se recompondo. Passado alguns minutos, depois de beber a água que trouxeram, respirar mais aliviado, pergunta ao gerente se pode levar um exemplar do desditoso livro. Leva-o e confere a página 75. Para o seu assombro está em branco! Ganha a rua e guiado apenas pelo instinto anda até o seu prédio.

Diógenes circula alheado pela casa vazia, entra nos quartos, vai à cozinha, murmura coisas sem sentido, gira várias vezes em torno da mesa da sala, praticamente se joga na cadeira de balanço na varanda, mas não se aquieta, piora. Externamente um leve tremor incontrolável varre o seu corpo, mas sua inquietação interna é tão exasperante que cérebro e espírito dão pulos frenéticos. A cabeça estala, o coração vai junto. Nessa espiral sem pouso em que sobe e desce sem cessar, ele perpassa conjuntamente sua trajetória de leitor e homem, e por segundos, talvez menos, roça o que tanto desejara: é isto a vida! Seu mistério desvendado! Quase entra em êxtase para no segundo seguinte perceber que se enganara, tudo não passou de engano, mas ainda sob o efeito físico e mental aquela dispersão que ultimamente o perseguia se aguça e o toma de tal maneira que o pobre Diógenes não sabe mais distinguir entre matéria e espaço, e num esforço de grito quase a arrebentar as veias do pescoço — bum! — vira tempo.

Dessa vez a família deu pela falta e no terceiro dia ficou realmente preocupada. Fizeram as buscas desagradáveis pelos lugares de praxe: hospitais, delegacias etc. Nada. Carlos, como amigo, acompanhando consolava a todos. E somente ele percebeu o livro de finanças largado sobre a cadeira de balanço na varanda, folheou atrás da página 75, e leu em fonte 12 as duas palavras centralizadas: quarta-feira. O pesadelo gnóstico de que tentara alertar o amigo se concretizara.

FABIANA FALEIROS

MUSEU DA POLÍCIA MILITAR

BOLETIM DE OCORRÊNCIA N 548
MÊS/ANO: Junho de 2013
NATUREZA: Apreensão de cartaz
COMUNICANTE: E.S.
PROFISSÃO: prostituta

HISTÓRICO

A Prostituta E.S. segurava um cartaz com a frase "Sou feliz sendo prostituta" traduzido para a língua inglesa: *I'm happy being a prostitute.* Relata que pretendia somente exercitar o seu vocabulário para a Copa do Mundo. Ela não estava em nenhuma manifestação, estava sozinha. Não estava com nenhum cliente. Tampouco estava esperando um cliente. Relata que não estava fazendo programa e que não estava em uma manifestação. Era um exercício. A prostituta explicou que aprendeu a escrever em inglês no curso especial para a Copa chamado *May I Have a Seat?*, focado no vocabulário usado nos programas. Era uma tarefa do curso. A frase escrita foi identificada como plágio da campanha "Sem vergonha de usar camisinha". A prostituta foi advertida que o Ministério da Saúde cancelou a campanha que combatia doenças sexualmente transmissíveis e valorizava a prostituição. Portanto o cartaz da prostituta foi apreendido, passando a integrar o Museu da Polícia Militar. A mulher foi encaminhada para uma delegacia da mulher, especializada neste tipo de ocorrência.

§

BOLETIM DE OCORRÊNCIA N 976
NATUREZA: Invasão de domicílio
MÊS/ANO: Julho de 2013
COMUNICANTE: M.F.
PROFISSÃO: artista visual

HISTÓRICO

Relata que se encontrava em sua residência artística quando começou a ouvir batidas na porta (na porta havia a placa "O artista está ocupado") e logo após os acusados arrombaram a porta entrando na residência artística e partiram para a ocupação do local, que desde a remoção do Museu do Índio eles vivem lá, às vezes chegando a ser mais de 8 pessoas ao mesmo tempo. Que os acusados geraram transtornos que foram noticiados pelos veículos de comunicação. A vítima havia falado para o noticiário quem havia feito as ações de baderna logo depois a vítima teve que chamar a polícia. Desde então os acusados vivem na residência artística impedindo os artistas residentes de realizarem suas obras de arte sempre chamando a polícia quando os acusados retornam.

§

BOLETIM DE OCORRÊNCIA N 02
MÊS/ANO: novembro de 2013
NATUREZA: Apreensão de cartaz
COMUNICANTE: R.T.
PROFISSÃO: autônomo

HISTÓRICO

Homem negro de 25 anos foi abordado nos arredores do metrô Anhangabaú na cidade de São Paulo portando um cartaz que promovia uma balada funk. O homem relata que não está promovendo "rolezinho" que muito pelo contrário ele está divulgando uma "balada" funk, o que é diferente de um baile funk ou rolezinho. A balada acontece no centro de São Paulo e que ele está ali por causa disso, procurando um promoter para divulgar o evento e que há tempos a música funk é ouvida fora da favela por pessoas de classe média e até mesmo classe A. O homem foi advertido de que não pode mais haver bailes funk na cidade de São Paulo, que foram proibidos. Foi preso até que a "balada" seja averiguada.

§

BOLETIM DE OCORRÊNCIA N 909
NATUREZA: Falsidade Ideológica
MÊS/ANO: Junho de 2013
PROFISSÃO: artista visual

HISTÓRICO

Homem de terno e gravata, sem expressão de desespero, utilizando máscara do rosto do empresário Eike Batista, porta um cartaz em manifestação com os dizeres *I'm desesperate* (Eu estou desesperado). O homem de aproximadamente 21 anos de idade relata que ele não é autor do cartaz, o qual na verdade é uma réplica de uma série de cartazes feitos pela artista inglesa Gillian Wearing, que entregava folhas em branco para pessoas aleatórias nas ruas, pedindo que elas escrevessem o que estavam pensando no momento. Disse ainda que a obra se chama *What's on your mind?* (O que você está pensando?). O homem foi preso por falsidade ideológica por tentar se passar por outra pessoa e por plágio de obra artística. O acusado também foi enquadrado em desacato à autoridade por gritar repetidamente a frase "Eike desespero! Eike desespero!".

§

BOLETIM DE OCORRÊNCIA N 03
MÊS/ANO: novembro de 2013
NATUREZA: Flagrante
COMUNICANTE: Patrícia Alves
PROFISSÃO: desempregada

HISTÓRICO

Morena de 23 anos, conhecida como Maria UPP, foi flagrada praticando sexo grupal com policiais dentro de UPPs, já em várias favelas do Rio de Janeiro. Os policiais que mantiveram as relações fizeram vídeos e fotos que foram divulgados na *Internet* onde a mulher aparece nua e fardada, segurando um fuzil. A mulher afirma que mantinha relações sexuais com vários PMs ao mesmo tempo, que fez isso porque quis, porque gosta e faria de novo. Afirma já ter estado em todas as UPPs do Rio de Janeiro e que inclusive tatuou "UPP" próximo à sua vagina. Que pratica atos sexuais há 5 anos com policiais em horário de plantão durante a madrugada, mas que também saíam juntos fora do trabalho. Ela não recebe para manter as relações, mas pede que pagem o taxi, e se possível, um lanche. Que se relacionou com aproximadamente 1000 policiais e que nunca imaginou que apareceria na mídia. Diz que não mantém mais contato porque trocou de número. Afirma que não faz parte de nenhuma facção criminosa, que fez por conta própria. Não acredita ter cometido crime nenhum, consciência tranquila, sustentada pela família. A morena diz que sempre gostou muito da polícia, teve a oportunidade e fez por prazer.

ISMAR TIRELLI NETO

PRIMEIRA CARTA A UM

Prezado Senhor,

Tenho lido avidamente seus livros no intuito de lustrar minha compreensão de para onde vão as palavras.

Aqui ouve-se música acotovelada.

Se, a caminho da varanda, acontece-me trombar com a lúgubre cantilena da Igreja do outro lado da rua, tenho sempre a impressão de que há ali palavras sepultadas. A duros esforços de atenção e nada. Meu marido, dedo apontando um vaso, transmite: "a vespa trabalha", mas não poderia, em boa consciência, dizer ao Senhor que o compreendo de todo. Por outro lado, não posso admitir a possibilidade de que "eu" seja o único receptor destas palavras, desta mensagem.

Jamais compreendi uma coisa, e esta incompreensão me conduz infalivelmente à vizinhança de pessoas com hipóteses.

Trata-se, o Senhor já deve ter intuído, de coisa incompossível. Ora as palavras encimam os sons, ora são soterradas. Seria necessário um trator. A produção de um significado, sempre a imaginei como uma espécie de encaixe, um estalido seco. Significado, no entanto, não é o que "ocorre" quando as tábuas estalam a meio da noite, ou quando os botões abotoam-se. Ambas estas ocorrências, ou imagens de ocorrências, podem abrigar espectros, onde começam, começariam. A duros esforços de atenção e nada.

Falo de minha vizinhança com estas pessoas com hipóteses. Com o passar do tempo, nossas relações sempre degeneram em distância, quando não antagonismo declarado. Isto se dá devido a uma certa resistência natural de minha parte em esclarecer-me. Pagar com amaneiramentos não é suficiente. Desejam, quem pode culpá-los?, que qualquer coisa "aconteça" de substancial ao cabo de tanta lecionação. Não raro as pessoas com hipóteses têm ímpetos bastante violentos.

Falo de minha, por assim dizer, perene desorientação... De como ela "se repete" nas pessoas com hipóteses; de como, diante dela, não podendo desviar dela, as pessoas com hipóteses acabam se exasperando e terminam por votar-me o mais cruento mutismo. Penso por longos corredores breu, e estas pessoas são cômodos iluminados para dentro dos quais não consigo cruzar. Irritam-se com meus passos como tantas vezes se irritaram meus pais com minhas andanças de madrugada, hábito que, desde cedo...

Não, o Senhor decerto não quererá recepcionar estas memórias de infância. O Senhor é córneo e eu O amo. Emite um brilho de coisa "solidamente fincada" que se insinua a espaços pelo folhedo dos dias. É deste brilho, é deste brilho que, desfalecendo, falo.

RUI R.

CRASSOSTREA

para Agostino Iagurci

Recentemente, nossa vida e nossa genealogia nestes mares tropicais têm sido objeto de bem-vindo escrutínio científico. É inegável que nos orgulha, envaidece até, o incremento exponencial da douta atenção de que somos alvo. O interesse acadêmico ratifica a vontade dos homens, que nos trouxeram a estas praias e são os artífices de nossa prosperidade. E o que é essa vontade se não a História mesma, escrita pelo desejo e pela astúcia do Espírito humano?

Em meio às páginas da gloriosa marcha da Ciência, entretanto, a sagrada investigação da Verdade por vezes ameaça conspurcar-se pelo oportunismo mesquinho e ignorante, que lhe carcome os rodapés. Inobservadas, pestes do gênero sempre podem contaminar o miolo de nossa sociedade e forma de vida, as quais, a despeito de incontáveis desafios, têm feito notável progresso no curso dos últimos séculos. Inverdades que ora começam a circular, frequentemente em tom calunioso, sobre nossa suposta invasão das costas subtropicais pouco atingem nossa espécie, que a Fortuna há muito coroa de louros, mas falseiam a História e, destarte, atentam contra o princípio sagrado do Espírito humano, do qual o nosso destino é tributário. Nossa vastíssima experiência no cultivo do pélago, e a República em pouco lhe difere, ensina que, por mais diminuta a praga em sua infância, é temerário vir a conhecer-lhe as dimensões adultas. As ostras, em geral, e não somos uma exceção, preferem abster-se de tertúlias humanas e dedicar-se exclusivamente à lavoura do pego, mas nossa dívida para com os primeiros benfeitores, que aqui nos fizeram prosperar, e dever para com a República, que tão calorosamente nos acolheu, impõem-nos zelar por sua boa saúde.

Não somos alheias ao inegável encanto das bivalves locais, classificadas pelos esforços do excelso Lamarck em nossa mesma família sob a rubrica *ostrea brasiliana*. As tendências impulsivas das raças inferiores, livremente exercitadas na indisciplina tropical, condensaram-se no misticismo feroz e extravagante de nossas ancestrais brasileiras, a cujos encantos não permaneceu imune o naturalista francês, que as louvou na língua mãe por suas *striis transversis tenuissimis*, suas tenuíssimas estrias.

Em que pese o fascínio despertado em nós pelas ancestrais atávicas, o parentesco nos é tão distante quanto a herança simiesca para o *homo sapiens* moderno. Sua sobrevivência nada mais é que um anacronismo palmar: hoje constitui uma espécie às avessas, cuja degeneração genética não ocasionou sua extinção, apenas, graças a abnormalidades do ecossistema subtropical, com seu passo exuberante e acessível. Em meio a esse idílio, esses verdadeiros fósseis viventes desconhecem os lutantes ventos e as roncas tempestades, tão comuns nas celsas rochas de nossa Eólia pátria e que seguramente haveriam encerrado há muito seu ciclo evolutivo.

Hipótese inicialmente perseguida – e logo descartada - por inumeráveis sábios que se debruçaram sobre a matéria, é a de que nosso desembarque nesta praia, que hoje é também nossa casa e nossa República, haveria transformado o bioma ao ponto de, direta ou indiretamente, perdoem a crueza do termo, chacinar as nativas, privando-lhes de seu espaço vital. A Ciência pouco tardou em nos eximir de qualquer vínculo causal com a eventual extinção de formas de vidas débeis que dificilmente resistirão aos tempos. Isso em nada diminuiu nossa simpatia e caridade em relação a nossas longínquas ancestrais, cujos reveses nos entristece profundamente. Envidamos esforços não desprezíveis em buscar estimular sua reprodução e o avanço de suas condições de vida. Não só é fictícia a nossa responsabilidade pela decadência das bivalves nativas como dificilmente se negaria que, por meio de nossa indústria, promovemos o aumento geral da riqueza e da biodiversidade em costões rochosos circundantes. O que fazer, se nossa generosidade foi recebida com indolência e sem brio? Embora não possamos esconder o constrangimento de expressar em público tal consideração, a falta de receptividade em meio às beneficiárias é tamanha, que hoje nos indagamos se sua extinção não coroaria simplesmente uma impossível adaptação ao avanço dos tempos. Vicissitudes que nos são alheias e anteriores explicam a deplorável situação em que jazem as espécies nativas nestas praias, e não há dúvida quanto ao fato de serem também o que as torna possivelmente efêmeras, assombradas pela dificuldade de fazer frente às exigências crescentes da civilização e à concorrência intensiva de correntes migratórias.

A opinião pública, irremediavelmente desamparada dos rigorosos métodos da Ciência, um dia talvez indague se nosso exponencial avanço, ao multiplicar nossos corpos calcários, não macularia a pureza originária da flora e da fauna marítima. É absurdo julgar-nos responsáveis pela conspurcação das águas, cujo plâncton e algas fenecem frente à competição com as espécies que transportamos em nossa vinda. Os seres que habitam as pulcras conchas não obedecem a nós; verificamos melancolicamente que seguem a lei do mais apto e, por isso, prosperam. É-nos grave o efeito funesto sobre as variedades locais, mas somos meras espectadoras impotentes do triunfo da ordem e do progresso da evolução.

A sucessão das espécies, convém recordar Darwin, não é contrária à manutenção da biodiversidade, que hoje reconhecemos umbilicalmente ancorada ao progresso da República, mas a promove. Essa conclusão é inescapável a qualquer um que compare a variação genética que observamos sobre a terra hoje àquela que a Geologia demonstrou tê-la originado, quando Caos ainda reinava sobre o Oceano arisco. Os espíritos vaticinais que nos portaram a estas plagas não eram alheios a esse imperativo do progresso. Desejosos de promovê-lo incrementando a resiliência de sua cultura, constantemente assaltada pelas doenças mais horrendas, vieram aos mares nossos em busca de cepas mais aptas. Seguramente conhecedores de nossa estirpe venérea e do apreço que nos devotam reis e imperadores desde a Antiguidade, por nosso sabor delicado e etérea textura, intuíram em nós o futuro da subsistência de seus pares. É irrefreável a especulação de que, fossem as nativas mais industriosas nas tarefas que lhe destinara a História, nós jamais cruzaríamos o Trópico de Capricórnio.

Nossos patronos reproduziram no clima subtropical a ferrenha disciplina do pretor Orata, que primeiro nos imprimiu o cultivo em seus *pergolari*, cordões aspérrimos. Adestradas nas cordas romanas, a nossa disciplina e sacrifício nos destinou ao cultivo da terra não arável. Há gerações, o nosso suor salga o mar e o consequente sucesso neste não foi menor do que no Nosso. A recompensa pela lida antiga com o pego há muito se faz sentir, e nos trópicos o êxtase das bocas que alimentamos em nada deve ao do divino Botticelli, que honra e louvor supremos do gênio nos rendeu. A Glória que nos favorece apequena as injúrias de quem nutrimos e a impenetrável parvoíce dos que tentamos, a muito custo, portar às luzes. Estarrecemos ante a atribuição de culpa aos favores da Fortuna e do Espírito. Não é esse mesmo favor justificado por qualidades superiores, oriundas de árdua pugna?

Se dedicamos mais tempo a tais boatos do que seu mérito aconselharia, é apenas devido a um zelo profilático pelos valores de nossa sociedade, cuja boa mesa guiou-nos o destino. Nossas ambições jamais ultrapassaram a boca dos homens, que dita o progresso inexorável da História: ao fim e ao cabo, foi o seu desejo que traçou nossas praias e a ele seguiremos fiéis.

Crassostrea Gigas

FREDERICO KLUMB

CARTA PARA O DONO DA RUA

1

Dormi com a janela aberta e ao acordar pensei que escutava o canto miúdo do canarinho, subindo da portaria até o meu quarto, mas isso é impossível. Meia hora depois, quando desci para buscar o jornal, flagrei Joel alisando a cabeça do bicho com um indicador gordo e úmido de álcool em gel. Há algo de muito irônico no fato do porteiro conservar um canário engaiolado no *hall* de entrada do prédio, como se juntos os dois fizessem parte de uma boneca russa cujo invólucro maior ou mais exterior é o próprio edifício.

De tão entretido com o pássaro (que, pasmem, tem nome de gente, se chama Pedrinho), ele nem viu quando me aproximei. Quando me viu, fez uma careta assustada e perguntou se eu queria passar um pouco de álcool nas mãos, oferta que repetiu todas as vezes que cruzei a portaria desde o dia em que cheguei aqui.

2

Rua cheia às oito da manhã, mais um dia novo sob o sol, Eclesiastes. A banca onde compro cigarros faz esquina com a Barata Ribeiro e é administrada por uma velha que desconfio ser argentina e que várias vezes flagrei bebendo cerveja de canudinho e ignorando solenemente a convenção social que recomenda evitar o álcool antes do almoço. A velha – a chamemos assim mesmo – tem um fiel escudeiro, que é provavelmente apontador do jogo do bicho, pois passou janeiro inteiro suando em frente à banca, estoicamente pregado em uma carteira escolar de madeira caindo aos pedaços.

Quando cheguei, os dois conversavam sobre a onda de assaltos que tomava o bairro. A velha tinha certeza de que os responsáveis eram "os vagabundos que dormem na Nossa Senhora, perto da loja da Taco", mas o outro discordava, para ele, era obra de pivetes do Pavão. Só pararam de falar quando coloquei gentilmente a mão sobre o balcão. Então a velha olhou para mim e disse: "Oi, meu amor. O que você quer?" (A edição do Globo e um maço de *Lucky Strike* vermelho).

Ao lado dos meus dedos, estava uma inconfundível edição do jornal Meia Hora. A manchete era a seguinte: *Fura-fila da vacina na mira da polícia.* Menção honrosa para uma matéria no interior da edição, que anunciava, fatalista: *Raio-x do tráfico do rio. O que comem? Onde se escondem? Por que aterrorizam?*

3

O Dono da rua subiu em sua bicicleta e prometeu voltar com o celular da mulher. Eram cinco da manhã quando acordamos eu e M. com a gritaria. Fomos para a janela e vimos uma mulher com a blusa amarrotada, chorando e gritando: "Meu celular, meu Deus, pega ladrão, meu Deus". Foi nessa hora que o Dono da rua apareceu na porta de seu edifício, falou com a mulher, depois entrou de novo e saiu com a bicicleta dizendo que ia recuperar o celular.

Dono da rua é como chamamos o homem que mora num prédio quase abandonado em frente ao nosso. Muitas vezes me perguntei qual seria sua ocupação, porque sempre o vejo sentado no degrauzinho de acesso ao seu prédio, cuidando do movimento da rua como um manobrista de vazios, já que aqui mal passa carro.

Ele subiu na bicicleta vermelha e saiu desembestado pedalando. Claro que não conseguimos mais dormir. Um burburinho desagradável entrava pela janela, e não demorou para que eu visse Joel na calçada também, conversando com a mulher e um montinho de gente que se acumulava ao seu redor. Veja como tudo é sempre novo sob o sol, Eclesiastes, mesmo quando se trata da repetição de algo que já aconteceu muitas vezes.

4

Nos concentremos por algumas linhas no Dono da rua. O que sabemos a seu respeito? Que mora num prédio quase abandonado numa rua sem saída em Copacabana. Que tem uma bicicleta vermelha. Que tem um *pitbull* chamado Monster, assim mesmo, em inglês. Que pretende fazer justiça com as próprias mãos. Não era o suficiente, e mais tarde nesse dia perguntei para Joel se sabia mais alguma coisa sobre ele. Só sabia o nome: Vladimir. Nome de mafioso, pensei, e perguntei se ele nunca tinha reparado que o tal Vladimir passava o dia inteiro na porta de casa, como se morasse na calçada, apesar de que às vezes eu o via dentro do apartamento, que fica num primeiro andar na altura da rua.

Hipótese: o Dono da rua precisa da calçada para se manter vivo. O Dono da rua está amarrado à calçada como um bebê ao cordão umbilical da mãe. O Dono da rua é um representante da máfia russa que veio estreitar relações com o governo brasileiro. O Dono da rua faz parte do jogo do bicho. O Dono da rua só está desempregado. O Dono da rua é traficante. O Dono da rua é contador numa fabricante de sorvetes e está de *home office*. O Dono da rua é instrutor de *yoga* mas dá aulas online. O Dono da rua é adestrador de cães e organiza clandestinamente rinhas de *pitbull*. O Dono da rua é garçom de bar e só trabalha de noite. O Dono da rua é escritor. O Dono da rua foi aposentado por invalidez. São questões.

5

No dia do assalto, umas onze da manhã, peguei cinquenta reais e fui até a banca. No caminho, vi o Dono da rua na janela, de costas para mim, fumando e movendo a cabeça como se conversasse com alguém dentro do apartamento. Encostei em um carro na calçada oposta e tirei o celular do bolso. Fingi que mexia nele ou esperava um táxi enquanto espiava, mas não consegui ver nada, o apartamento é escuro. Para discernir alguma coisa lá dentro, precisaria estar na calçada da janela, isto é, a menos de cinco metros das costas do Dono da rua, o que imediatamente não pareceu boa ideia.

Já quase na banca, passei por um morador de rua das redondezas que tem um lindo cão com heterocromia. Ele estava apresentando um espetáculo impagável: havia ganhado um bonequinho de pano do personagem Caco, dos *Muppets*. Nessa versão do brinquedo, o boneco ostentava uma cabeleira loira por cima da cabecinha verde, e o cachorro, que secretamente chamo de David Dowie, cravou os dentes no cabelinho e girava o boneco pelos ares.

Depois de ver isso, fui para a banca e disse para o *booker* (odeio a palavra, mas vai ela mesmo) que queria fazer um jogo. "Quanto? E no quê?", perguntou ele. "Vinte no sapo", respondi. "No sapo? Não tem sapo, malandro." Expliquei que na verdade não sabia jogar, e perguntei se tinha cachorro. "Se eu tenho cachorro?", perguntou ele. "Não, para apostar", respondi. "Ah tá. Cachorro tem". "Bota vinte nele, então."

6

Anoto em um dos meus cadernos: *Friedrich Kittler diz que podemos pensar o interior do olho humano como uma escuridão ou uma noite, na qual a luz lança seus raios; a pupila na entrada dessa noite funciona como o furo da* camera obscura.

Por que quero saber sobre o homem que chamo de Dono da rua? Ainda não sou capaz de responder, mas é assim que me sinto: como se flagrasse um defeito no funcionamento da câmera escura da vida. Como se a abertura da minha retina, a perfuração que dá acesso às imagens para os meus olhos, estivesse vedada.

7

Alternativa: ir até a casa de R. e pedir seu telescópio emprestado.

Alternativa: bater na porta do Dono da rua com uma câmera na mão, me oferecendo para fotografar sua casa como naquele conto do Carver.

Alternativa: fotografar todos os dias a janela do Dono da rua, como no filme de David Perlov.

Alternativa: esquecer as alternativas literárias e esperar. Esperar por algum acontecimento com a "estranha qualidade do que é novo".

8

Cinco dias depois, a espera deu resultado. Uma tempestade tomou o céu no início da noite e em quinze minutos Copacabana estava sem luz e debaixo d'água. Duas horas mais tarde (e nada da luz voltar), ouvi vozes na calçada e fui para a janela. Lá embaixo, um grupo de cinco pessoas conversava, o Dono da rua entre eles. Fiquei os observando, na divisa entre o quadro de metal da janela e a parede que o limita, para que meu rosto não ficasse visível. Eram quatro homens e uma mulher, três deles segurando latas de cerveja. Estavam debaixo de uma marquise, mas chovia tanto que não fazia sentido estarem ali. Quando começava a pensar em desistir de observá-los e voltar para minha leitura, percebi que o Dono da rua tinha sumido. Apertei os olhos, sem entender, depois olhei para a enorme amendoeira, majestosa e torta, que alcança o quarto andar do meu prédio. Perto da amendoeira havia uma *van* estacionada. Estava sempre ali, mais ou menos como o Dono da rua. Claro. A *van* é dele, porque não pensei nisso antes? Um é quase o gêmeo do outro.

Ele estava com parte do corpo para dentro do carro, e imaginei o que sairia de lá junto, um chicote, um taco de *baseball*? Nada disso. Só um isopor, desses em que colocamos bebidas. Será que o Dono da rua é dono de um *buffet*, será que tem uma barraca na praia? Fui dormir com essas perguntas.

9

Por algumas semanas desisti do Dono da rua. Eu tinha que trabalhar, e ele estava me tomando tempo. Um dia, contudo, fui obrigado a pensar nele. Como sempre, eu gastava minhas horas lendo e escrevendo e procrastinando e tentando finalizar um livro novo e batalhando uma boa editora para meu livro novo e limpando a casa e cozinhando e cuidando dos gatos com M. e finalizando artigos e vendo filmes, quando, numa tarde em que nós voltávamos do mercado, vimos uma cena que nos fez apoiar as sacolas no chão: a mais ou menos uma quadra da Nossa Senhora, o Dono da rua segurava um garoto de uns dezoito anos pela gola da camisa. Havia um montinho de gente em volta, em sua maioria homens, meio que assistindo à cena ou talvez fazendo um cordão de isolamento caso o rapaz tentasse fugir. A princípio, não entendemos do que se tratava.

O Dono da rua deu então um tapa no rosto do rapaz, com tanta força que estalou alto. M. virou o rosto e pediu para irmos embora, mas quando passamos por ele pude ouvi-lo dizer algo como: "Você vai roubar aqui? Vai mesmo roubar de novo aqui?"

Nesse dia almoçamos praticamente em silêncio, como se algo em nós tivesse se partido, uma parede imaginária, um sentimento de frescor por termos nos mudado para uma casa nova; não sei se estou me explicando direito.

10

Quando vi o Dono da rua batendo no menino, achei que perderia o intertesse em observá-lo, mas, como costuma acontecer, os dias passaram e o tempo permitiu que a desconfiança e o desejo de desvendá-lo retornassem. Quando anunciei para M. que iria pedir emprestado o telescópio de R., ela perguntou, cirúrgica: "O que você *quer* enxergar lá?" Respondi que queria entender por que o Dono da rua agia daquela maneira, procurava algo que explicasse ou desse uma dica sobre seu comportamento, em resumo, queria entender se havia violência no seu dia a dia. "E porque te interessa a violência dele?", insistiu M., como uma analista. "A violência me interessa. De maneira geral", respondi. "É interessante."

"Eu não acho", disse ela. "Não gosto de gente bufando ou bufona".

Quando perguntei se nunca na vida ela tinha sentido vontade de agredir alguém, *fisicamente*, M. encerrou a conversa, no auge de seu estilo-analista-lacaniana, capturando meus atos falhos e o que ficava implícito na minha linguagem:

"Ah, saquei", ela disse. "Você quer entender a *sua* violência." Acabei admitindo que podia ser.

Cinco dias depois da agressão, fui até a casa de R. e peguei o telescópio emprestado. Poderia falar um pouco de R., que é uma personagem excepcional, mas isso demandaria uma digressão longa demais, então fica para outra oportunidade.

Voltei para a casa com o objeto, e o posicionei no tripé, de frente para minha janela, com uma cadeira atrás do canhão e um pano negro cobrindo tudo. O pano se misturava ao tecido da cortina e o telescópio dificilmente ficaria visível para o Dono da rua se olhasse para minha janela. Era o primeiro passo, ou, como estava gostando de dizer para M. inspirado pelos geniais títulos das operações da PF, o primeiro ensaio da "Operação Janela Indiscreta".

Pronto para perder o dia todo nisso, me inclinei sob minha trincheira óptica como um detetive de romance policial. Até às onze vi pouca coisa, tinha dificuldade para focar e escolher a lente adequada. Mas vi uma coisa interessante: às vezes surgia na lente parte dos ombros e das costas do Dono da rua, o tronco coberto, como quase sempre, por uma camisa regata. Ele se movia rápido, entrava e saía de quadro. Tirei os olhos do visor e tentei entender a movimentação, mas era mais difícil sem o telescópio. Depois de alguns minutos, fui obrigado a me perguntar se ele estava dançando sozinho dentro da sala.

11

Passei os dias seguintes, ou melhor, as noites seguintes, brincando com o telescópio e aprendendo a operá-lo. Assim que a noite caía, eu e M. subíamos no terraço do prédio, montávamos o aparelho e o apontávamos para as estrelas ou para a lua ou algum outro ponto no céu. Uma noite vimos Saturno (apenas uma bolinha dourada com um risco dividindo-o ao meio), e Júpiter, com suas luas em órbita (havia quatro visíveis).

A coisa se repetia, porque era bom. Há algum mistério em olhar sempre a mesma imagem de um mesmo lugar. Ainda que num primeiro momento nada pareça ter mudado, a cada tentativa descobríamos um novo detalhe do corpo para o qual apontávamos. Posso dizer o mesmo no que se refere à observação do Dono da rua pelas manhãs. Aos poucos pude confirmar que, a despeito da performance de justiceiro, era apenas um homem comum. Todos os dias cozinhava e se exercitava, e várias vezes o flagrei em gestos carinhosos com o *pitbull*. Exagero de propósito quando falo dele, é claro, em nenhum momento pensei que ele fosse algo diferente de um homem. Mas era curioso observar os contrastes: primeiro bate no garoto, depois beija o cachorro. A mão que afaga é a mesma que apedreja etc.

Poderia ficar pelo menos mais dez dias espionando o Dono da rua, mas além de começar a ser questionado por M., que dizia que eu estava indo longe demais e que meu plano começava a parecer antiético, comecei a pegar trabalhos extras e surgiram as demandas burocráticas da vida. Bem, o fato é que decidi aposentar o telescópio, devolvê-lo a R., mas antes que desse cabo da resolução, um evento dominical típico destes tempos se interpôs e fui obrigado a convencer M. com meus melhores argumentos de que precisávamos fazer uma despedida em grande estilo, leia-se, indo até o terraço do prédio de uma amiga, que fica de frente para a praia e, por isso, em posição privilegiada para observar a orla no domingo. Estava marcada para aquele dia uma manifestação bolsonarista.

12

Chamarei esse capítulo da minha narrativa de *Os bolsonaristas de Copacabana e seu cortejo de horrores*. A manifestação não estava cheia, havia pouco mais de cem pessoas. Estes são os instantâneos:

Homem, por volta de cinquenta anos, branco. Camisa estampada com a imagem de Bolsonaro estilizada em preto e branco. Na hora que o descobri, ele e outros manifestantes gritavam alguma palavra de ordem incompreensível da distância em que estava.

Homem, no máximo quarenta e cinco anos, branco. Bandana verde e amarela na cabeça. Anda de um lado para o outro entre os manifestantes imitando uma galinha.

Mulher, menos de quarenta anos, branca. Passou ao largo da manifestação. Está de camisa vermelha, mas não consigo ver a estampa na parte da frente. Ela causa uma espécie de comoção nos manifestantes, que gesticulam enfurecidos em sua direção, mesmo tendo ela passado bastante longe da concentração e do carro de som, praticamente no calçadão.

Homem, por volta dos quarenta anos, negro. Veste uma camisa verde e consigo ler nas costas os dizeres: *KRIOK*. Óculos escuros e boné virado para trás. Corre em direção à mulher de camisa vermelha. Quando os dois ficam frente a frente, consigo enquadrá-los na lente. Posso ver o dedo do homem apontado em riste para a mulher, enquanto provalvente catapulta milhares de perdigotos em seu rosto. Ela está de máscara, como recomendam as autoridades sanitárias, já ele, não.

Homem, mais de cinquenta anos, branco. Veste calça jeans e casaco cinza. Parece um pouco com o Véio da Havan. Também se aproximou da mulher e do homem de boné. Faz sinais com as mãos, como se estivesse varrendo a mulher dali.

Mulher, menos de quarenta anos, branca. Camisa amarela da seleção brasileira de futebol apertada nos peitos grandes. Ao lado de um homem a uns dez metros de distância, ela sustenta no ar uma faixa com os dizeres: Lula ladrão, vermelho é facção. Volto a lente para a mulher de camisa vermelha, que a essa altura já se afastou bastante dos manifestantes, mas os dois ainda a perseguem. Enquanto gesticulam e vociferam, ela faz um caricato formato de coração com as mãos. O gesto impressiona pela ironia e a coragem.

Mulher, mais de quarenta anos, negra. Chapéu panamá e uma cruz de papelão ou madeira em uma das mãos, pouco maior que um livro comum.

Homem, no máximo quarenta anos, branco. Camisa amarela, mas não a da seleção de futebol, boné marrom. Por baixo do boné, entre a parte interna e a própria cabeça, colocou uma bandeira do Brasil tamanho grande, o que significa dizer que de costas ele parece um árabe tresloucado, a bandeira cobrindo as costas desde a cabeça: um árabe no deserto do Brasil, o verdadeiro deserto do real.

Homem, perto de cinquenta anos, branco. Veste um chapéu do tipo *bucket hat* (aquele do Seu Madruga) com estampa camuflada como a do exército e camisa do personagem Capitão América. Está segurando uma bandeira com as cores do arco-íris, o típico símbolo da comunidade *LGBTQI+*.

Menino, menos de doze anos, branco. Ao lado de uma mulher mais velha, ele sustenta em frente ao peito uma plaquinha onde se lê, em letra cursiva: Quero crescer em segurança. AI5 já.

Homem, mais de cinquenta anos, branco. Está sobre o carro de som e começou um discurso. A fala é transmitida pelas caixas de som do carro. Transcrição selvagem de acordo com o que anotei num bloquinho: "Hoje, o grupo Dória é sócio da mídia chinesa, do grupo Mídia Grip. O grupo chinês Mídia Grip comprou a Bandeirantes, e comprou, gente, a Globo. O vagabundo do Dória tá segurando a Globo. A Globo está sendo paga pela China porque o Bolsonaro vai caçar a concessão deles." Observação: é impressionante a habilidade ficcional que eles possuem de reunir todos os supostos inimigos de Bolsonaro em uma mesma ação conjunta. É a Globo que se junta ao Dória que se junta à China que se junta ao Lula que se junta à Pabllo Vittar que se junta ao Haddad e suas mamadeiras de piroca vindas da Rússia que se junta à imprensa abortista da Folha de São Paulo que está de conluio com o STF para instituir a prática do aborto em *drive thru's* do *McDonald's*.

Mulher, por volta de quarenta e cinco anos, branca. Veste uma camisa verde onde se lê: Ele sim. Também segura uma plaquinha feita em casa. A mensagem, que está quebrada em versos, como num poema, é a seguinte: Cloroquina, cloroquina/ cloroquina lá do SUS/ eu sei que tu me cura/ em nome de Jesus.

Mulher, mais de sessenta anos, branca. Está toda vestida de amarelo, com os braços e o rosto pintados com tinta verde. Sem comentários.

Joel, quarenta e três anos, porteiro do prédio em que moro. Camisa da seleção brasileira de futebol. Lata de cerveja em uma mão e uma pitoresca bandeirola nacional de plástico em outra. Gostaria de, parafraseando o poeta português Manuel de Freitas, dizer a Marx – onde quer que esteja –, que falhou o milagre. Mas pelo menos não vi o Dono da rua por lá.

EDUARDO HERINGER

PREÂMBULO. O ANTIGO ARTISTA ALFREDO D'ESCRAGNOLLE TAUNAY, neto do pintor francês Nicolas-Antoine Taunay, de quem a famosa cascata no nosso bairro recebeu seu nome, costumava dizer que sua receita para a felicidade e a produtividade consistia dos seguintes ingredientes: "um sim, um não e uma linha reta, isto é, um objetivo" (nosso visconde de Taunay estava, nestas horas, citando Nietzsche).

Como receita de bolo, esta fórmula para a vida foi passada de geração em geração, através de Alfredos, Afonsos, Augustos e Anas, até o ombrófilo, denso e secundário autor deste manifesto. Condizente com ela, o próximo capítulo será dedicado à longa e amarga, mas *sine qua non* descrição do não.

(DENTRO DO EDIFÍCIO DA ACADEMIA.) ATÉ A ELA, QUE GERALMENTE TÃO ALEGRE, CHEIA de *viriditas*, deprimia o depressor das tonalidades, o advogado do essencialismo gravitacional, o academismo nascido, como câncer, da multiplicação anormal de células cujos genes – antes fundamentais – foram bagunçados e espalhados como metástase (a função original desses genes: entender, organizar e conservar. Mas não foi tomado o cuidado suficiente para evitar os efeitos colaterais: o esforço por entender levou ao cinismo, o de organizar levou ao tédio e o de conservar levou ao sufocamento [lacrou os artistas do passado e os do futuro na mesma caixa e esqueceu de fazer furinhos para que respirassem]), e os diversos funcionários destas clínicas especializadas de aborto, como de Morton Feldman os "profissionais" (*the imitator that makes art into culture*), como de Nietzsche os "ruminantes", acadêmicos de alma diluída (*„zu Schanden gelesen", bloss noch Streichhölzer, die man reiben muss, damit sie Funken – „Gedanken" geben*), como de Manuel Bandeira o lirismo que não é libertação etc. Funcionários dos ministérios da cultura, funcionários dos ministérios da segurança, funcionários etc. *Meu amor tá perguntando se o samba é pras moças.*

Arthur Bispo do Rosário na Colônia Juliano Moreira: "você trata daqueles malucos naquela sala? Eles são malucos, não vai adiantar" (usar mais esta frase!).

Até a ela, que geralmente tão alegre, cheia de *viriditas*, deprimiam os membros da categoria de base anestesiados pelos gerentes-gerais por medo da sua energia destituinte (ambos polos: o jovem exangue, mas que sobrevive à dieta apoucada com a qual o tentaram estrangular [energia destituinte] e o jejuno voluntário, em cujos pincéis gangrenados nasce, como fungo em pincel gangrenado, a bazófia da real legitimidade [como Pierre Boulez: "todo compositor que não sentiu a necessidade da linguagem dodecafônica é inútil, e todo seu trabalho é irrelevante para as necessidades do seu tempo" {sic}], e aí sua disseminação como pandemia, *networkings* nos *Westminster Kennel Club Dog Shows*, insípidos amargos [usar mais este termo!], claques consensuais, filhotes domesticados de cruz credo, abúlicos e depauperados desde a raiz – andam por aí cutucando as coisas com seus dedos médios e com seus sorrisos pela metade, seus rins entediados e suas sobrancelhas dormentes, com seu semblante calmo de segurança (não a calma do mar que hoje é calmo, mas ontem foi e amanhã será tempestuoso [e depois de amanhã será calmo de novo], mas a calma do mar seco, a calma dos grandes cânions… *que quadro d'amarguras! É canto funeral! Que tétricas figuras! Que cena infame e vil... meu Deus! Meu Deus! Que horror!*).

Arthur Bispo do Rosário na Colônia Juliano Moreira: "você trata daqueles malucos naquela sala? Eles são malucos, não vai adiantar."

Até a ela, que geralmente tão alegre, cheia de *viriditas*, deprimia o sintoma-impulso mania de juntar os do passado em grupos com o intuito de racionalizar, justificar e domesticar as obras, mania que tem, às vezes, a consequência amarga de confundir os amadores de hoje sobre ser *necessário fazer isso de antemão*, que aí então tudo se deprime, a musicologia lidera a música, a narração comanda o jogo, a armadilha da visão em retrospecto (meio que inevitável), comorbidade com condescendência às artes do passado por arrogante ciente da posição histórica que permite visão em retrospecto (que é meio que inevitável) e com crença esquisita (escondida, tabu admitir, e/ou inconsciente) num progresso em linha retíssima da coisa toda (história da humanidade fácil de resumir: constante crescente desde os bárbaros retrógrados que construíram a catedral de Notre Dame até o esclarecido herói contemporâneo que passa a vida imitando Lachenmann), "avanço da tradição" etc., análise de sistemas, ministérios da segurança etc., o certo cinismo generalizado por parte das vítimas, que aí saem infectando os outros, ciclo vicioso: "tua vida com as aquarelas e teclados deve ser uma contribuição para o 'avanço da tradição'" – *compañero, debes medirte* – e o sacrifício da tua vida, teu tempo e presumivelmente tua paixão pelas aquarelas e teclados a um deus indeterminado, um deus-consenso-acadêmico, quais tintas e palhetas são válidas e necessárias à tradição e quais não (as tais necessidades do seu tempo [altista não acredita nos teólogos das necessidades do tempo, sacerdotes que contam o que o tempo quer e com quem a lua está zangada. Gesualdo não esteve "à frente do seu tempo", foi na rua dos madrigais – do seu bairro – o único vivo no seu tempo {o único altista}. *Tempo erererere, tempo arararará...*}), a servidão às consensuais necessidades do seu tempo, que é deixar de ser amador (que ama) para tornar-se o profissional de Feldman, que é oferecer a vida em sacrifício por indicação de um deus que não só não se ama mas cujo nome nem sequer conhece, sacrifícios *subentendidos* (usar mais este termo!) para um anjo caído, a patologia da ideia de progresso, o sequestro covarde (porque origina em medo do escuro lá de fora [procurar metáfora melhor para descrever este medo de desordem e destituição, da percebida "anarquia" do compositor não doutorado, medo de ridículo, medo de *pop* etc.]) de todo o papel de artista (melhor: todo papel do "artista sério") para dentro de redomas protegidas por muralhas de burocracia e carreirismo, crime contra a humanidade, adaptação ao *Zeitgeist* desta literal instituição acadêmica ou das academias invisíveis, aéreas que são as modas (o que não ensinam os essencialistas gravitacionais: *a quem tem seu próprio* Geist *o* Zeitgeist *se curva*, mesmo se surpreso, confuso ou de má vontade), o consenso de enxergar toda a música toda, da caverna de Chauvet às estatuetas de mulheres do paleolítico, dos cantos gregorianos à invenção da polifonia à *musique concrète*, como só isso, só: um grande acordo intergeracional na direção de avanço técnico nas linguagens (*meu senhor Deus dos desgraçados!* Quão desconfortáveis não devem ser as salas de estar dessa gente [nem mesmo Stockhausen foi academista – Stockhausen nasceu em Sirius]), os encabulados que *morrem de medo de morrer em acidente* e, por isso, deixam sua musicologia intimidada dirigir sua música intimidada, tentam imitar (em método, apresentação, "respeitabilidade") os sociólogos ou os cientistas naturais, ou (subconsciente, *subentendido*) até simular/imitar o tipo de progresso (do passado [porque para intimidados mais seguro de seguir]) das ciências naturais (se enturmar com a gente cujo trabalho é menos suscetível ao ridículo, medo de não ser levado a sério [terapia de exposição: ser ridículo, tocar instrumento que nunca tocou, despir-se no palco...]), essencialismo gravitacional, fanatismo por esta ideia obscenamente esquálida de "avanço", insistência num jogo sem graça de *Jenga* com as linguagens (justamente por saber que o objetivo deste jogo é a ruína), os semestres exigidos para o treinamento da habilidade de *miss the point* da maneira mais elegante e respeitável possível, o paradoxo de conviverem, por um lado, o *cliché* permanente de que a arte boa do passado é "imortal", e por outro lado, as alegadas obrigações do presente sobre as coisas que alguém é obrigado a conhecer, ou obrigado saber, poder, seguir, acreditar, pensar, obedecer, gritar nos protestos políticos, vestir, comer, para só então ser permitido se chamar artista contemporâneo (o que se desviar deste caminho seguramente pavimentado no melhor dos casos até permitido, mas classificado como mero gosto particular, *hobby*, *irrelevante para as necessidades do seu tempo* [de academistas ouve-se com frequência este tipo arbitrário de amuramento: peça não é "música nova" se contém elementos tonais {e/ou se não se destaca numericamente – literalmente – em elementos como duração, forma, instrumentação e/ou número de notas}, não é compositor moderno quem não conhece Lachenmann e/ou nunca esteve em Darmstadt, todo artista contemporâneo precisa conhecer Beuys etc.]), nadasse junto à corrente dessas intrigas e logo concluir-se-ia ser necessário excomungar também os grandes nomes *do passado* da casta dos artistas, à qual agora só os pós-doutores europeus e americanos teriam direito de pertencer (logo vocês! Os guardas florestais do Alto não podem ser logo aqueles que mais tem medo de aranha: a arte "imortal" em alguma linguagem qualquer do passado já era possível antes do tal Beuys, mas em qual minuto conhecer Beuys tornou-se pré-requisito para o ofício. Medo de aranha, paradoxo: não incluir o passado nas consequências dos ditados? Van Gogh obviamente não conheceu Beuys, então não era artista? Para corrigir o furo é necessário acreditar num dos três deslizamentos: que a ideia de progresso unidimensional na arte é algo mensurável e concreto, que as possibilidades das linguagens do passado foram absolutamente todas por inteiro exaustadas [torre que toca no céu! – inferno] e não são mais utilizáveis hoje, ou que existe algo como um anjo da guarda de cada época, uma mão divina que traz possibilidades "imortais" ao mundo exclusivamente na época exata da história que o academista atribui a cada direção da arte [que coincidência confortável por parte desta mão divina – crer-se-ia que *os seus desígnios são maiores que os nossos...*]), tracoma de que se então trouxéssemos Mozart de volta do seu trono especial ao lado da Virgem e ele escrevesse o vigésimo oitavo concerto para piano (KV 627), ele não seria mais "imortal" nem sequer relevante, porque escrito em 2020 e não 1791 (perdoai a conclusão tão aberta, que quase sabe a anarquia total [mas não é – é o governo das coisas do Alto, a ordem da Floresta da Tijuca inteira {ordem excelsa}], mas é necessária: não há nada que um artista contemporâneo é obrigado a conhecer, saber, poder ou ser, além de *vivo*), tracoma de serem ordem divina as definições do passado e do futuro (compreensão míope da história [e mesmo se ela não fosse míope: o erro de presumir e de esperar os artistas do passado todos também historiadores infalíveis {e voluntariamente subordinados!} destes meros narradores, de paletas humildes e transmissão lenta e atrasada [e insistentes na pretensão de comandar o jogo]).

Arthur Bispo do Rosário na Colônia Juliano Moreira: "você trata daqueles malucos naquela sala? Eles são malucos, não vai adiantar."

Até a ela, que geralmente tão alegre, cheia de *viriditas*, deprimia a insistência deprimida em se alimentar de migalhas do passado mais recente (sintoma: vítima reclama não saber o que pode fazer na arte, amargurada por ter nascido nesta nossa época que acredita ser tão limitada, na qual "tudo que é possível já foi feito por outros", e na qual quase não há mais possibilidades [*wer sich selbst erniedrigt, will erhöhet werden...*]), miserável caminho de encolhimento, tanto de técnica quanto de ambições: se tudo já foi comido, se contentam com as migalhas deixadas, se escondem em becos empreitadas estreitíssimas, resignados em não pedir demais da arte e não a incomodar em seu sono canônico, aparentemente tentando barganha sussurrada com os deuses de que, se ficarem ali escondidos nestes becos escuros, não forem ambiciosos demais, não tocarem nem o dedo mindinho naquilo que é propriedade dos do passado e não fizerem muito barulho, podem ser, senão amados (que ser amado é pedir demais), respeitados como ainda *relevantes às necessidades do tempo* (Drummond já fez isso, Messiaen já usou esse acorde, Francis Bacon já pintou esse papa e Bukowski já falou esse palavrão etc. ["os japoneses já comem arroz – então eu não posso mais." Prova mais direta e inconfundível de que tua fome não é urgente nem real?]), a ingestão de migalhas pelos ouvidos – os teólogos das *novas sonoridades*, novos efeitos e tal, crentes na total redenção artística que elas trarão (que apresentam quase sempre comorbidade com a crença no "avanço da tradição", o que estranhamente não afeta o paradoxo de, mesmo depois de John Cage, Lachenmann ou da música concreta, continuarem crendo: creem na *segunda vinda do redentor* – no barulho de clarineta desmontada que virá os redimir, não de não serem amados [que, de novo, ser amado é pedir demais], mas, de novo, da *irrelevância às necessidades do nosso tempo*), a sede ao pote pelas migalhas do século vinte, rêmoras de Helmut Lachenmann (*Gott, gib, daß dieses Mägdelein ihr Kränzlein friedlich trag'* [no Alto da Boa Vista tem horas de comer migalhas também, mas lá tem brisa {vamos viver de brisa, *Mägdelein!*}]), os dissertadores tímidos (intimidados), e toda a arte toda como linguagem para dissertações acadêmicas de temas sussurrados por insegurança (timidez [intimidação, medo de enfurecer o cânone dormente]), a presença do inimigo também do lado de lá de dentro do edifício: não parece, mas daqui de cima dá pra ver que é doença única a origem dos sintomas opostos dos pós-doutores do nosso século (sua liturgia da reinvenção, desconstrução e originalidade comensal) e dos desdefinidos conservadores, tipo os cananeus que atacaram Beethoven por ferrar as formas clássicas ou os relativamente mais recentes, aterrorizados pelos atonalismos como que pelo fim dos tempos (*mair* ou *peró*, café mineiro ou leite paulista, ambos asseclas do essencialismo gravitacional, a mesmíssima raiz: assim como as certezas se esgarçam e como as bactérias desenvolvem resistência ao antibiótico, as récuas se adaptam, se tornam imunes, trocam de toga [*immer höre ich's rauschen, du fändest Ruhe dort!* {só o altismo é antibiótico permanente}]), o terreno difícil do equilíbrio entre a instrução necessária e o desmame prematuro, assassino (como proteger as ciclogêneses tropicais que germinam de elementos irrelevantes ao *Zeitgeist* político [se sua paleta só tem as cores da memória da cama do seu primeiro amor, ou as notas que lembram da sua fruta preferida, maracujá]? Quão exata maioria das individualidades não germina como (ou a partir de) defeito, a ser imediatamente atacado por instrução que às vezes de boa vontade, mas às muitas vezes estabanada? O menino especialista em *PaintBrush* como ninguém outro no mundo porque anos de insuficiência financeira para telas e tintas, agora patrocinado? Arthur Bispo do Rosário, agora "curado"? *Ora yê yê ô Oxum!* O mar come os nossos riachos, as certezas todas espiral entrópica abaixo – terreno difícil) e o terreno nada difícil da obviamente assassina filosofia de originalidade comensal: as marchas da morte da *reinvention*

(Mozart aconselhado largar do já tão repetido acorde dominante com quarta e sexta suspensas, *to develop your own language,* aí sua óbvia morte), do cultivo do *well-rounded* (Chopin aconselhado não se limitar apenas ao piano, a aprender o funcionamento e buscar os segredos fundos de todos instrumentos, aí sua óbvia morte [*uma marcha da morte é uma marcha forçada de prisioneiros de guerra ou outros reféns ou deportados com o propósito de matar, brutalizar, enfraquecer e/ou desmoralizar os prisioneiros ao longo do caminho distingue-se desta forma de simples transporte de prisioneiros através de uma marcha a pé a marcha da morte geralmente consiste de trabalho físico rigoroso e abuso, negligência nos ferimentos e doenças dos prisioneiros, fome e desidratação deliberada, humilhação e tortura, e execução dos que são incapazes de manter o ritmo da marcha a marcha pode acabar em um campo de prisioneiros de guerra ou campo de concentração, ou pode continuar até que todos os presos são mortos* {*uma forma de «execução pelo trabalho», como visto no genocídio armênio entre outros exemplos.*}])

Arthur Bispo do Rosário na Colônia Juliano Moreira: "você trata daqueles malucos naquela sala? Eles são malucos, não vai adiantar."

Até a ela, que geralmente tão alegre, cheia de *viriditas*, deprimia a subentendida cizânia de "competição" nas academias de arte: competição de eficiência de cadáveres, de qual morto decompõe com menos rapidez. Mas a menina viva não vive em necrópole – sobrevive.

MELHOR SER BURRO que ser academista, melhor a afirmação ingênua que o comentário intimidado.

LUCAS MIYAZAKI

HASHIGAKARI

Frio, insônia, tremor.

Todo o meu corpo estremece em queda livre, em um estado escasso de dentro do micro-habitat (um invólucro pelicular suspenso sem ponto de referência). Caindo sem língua, me percebo um ser humano que paga mico pelas suas inépcias. Passo frio e suo, agora observando o meu marido — ele dorme em sono profundo desde há muito, no seu existir cavernícola, cachorrinho. Sinto o rasgo biológico na minha existência. Um rasgo que acontece mesmo depois do fim, neste futuro de agora suspenso. Minha pata procura um apoio, algum objeto que a aceite. Que idiota. Agarro o pescoço, a nuca e fios de cabelo do menino ao meu lado — sou empurrado pra fora por ele também, que já não me suporta pois chega um momento em que todos nós cedemos, todos nós não ligamos pra nada além de nosso próprio sonho particular, do nosso sono egoísta, nosso descanso mesquinho e arrogante. E o cheiro do meu suor torna-se insuportável. É o que deve estar violentando o sono do meu marido.

Fora de tudo, nesse rasgo esquecido, mas desperto e trêmulo, eu pago um mico maior ainda tentando qualquer conexão aqui, deitado numa grande tela irradiando a eletricidade exterior das luzes no céu negro, nos pontilhados explosivos... Percebo que estou deitado do lado da janela!

Eu não paro de tremer e encharcar a cama — por que fui dormir sem camiseta justo nessa noite? Nem fizemos sexo, ninguém fez sexo aqui e ninguém me pediu para tirar nada...

Cacofonia, esse rasgo biológico, esta forma de vida atrasada depois do fim, depois do futuro, depois dos meus livros, depois de uma casa, depois de espetáculos, depois do público, depois dos aplausos...

Por que eu suo tanto? Depois de tudo o que eu passei e tudo o que eu conquistei na minha vida, por que o meu corpo fede? E eu ainda não teria um futuro pela frente? Não posso sonhar mais?

Eu me contorço, líquido que sai dos poros cheira a vômito, eu pago o grande mico pra ninguém, pra mim mesmo: ator medíocre para uma plateia inexistente, no máximo para o meu companheiro — mas que virou a cara, que está com a face na outra extremidade da cama, quem é você?, eu desconheço o seu nome, você é só um estranho com o seu *corpicho* virado. E o que você está fazendo, hein? *Qué pasa, chico?* Idiota. Macaquinho. Vou cair. Você acha que eu nunca pensei nisso antes? Posso cair. Poderia me jogar da janela. Fim trágico. A morte, sim, a morte, fazer tudo acabar em um triz, num breve suspiro... Existencialismo. Pular ou não pular? Exercer minha liberdade. Mas como, se isso está fora de cogitação? Como, se eu nunca poderia supor pular de nada?

Você então não vê o fim como uma possibilidade real. Não encara a morte com respeito. Muitos se matam por falta de sentido na vida.

Que horror! Deus que me livre! Eu quero meu café da manhã, quero minhas revistas de moda, minhas performances, quero os cachorros e filhos, quero minhas viagens, festas, quero a praia, quero viver... Uma planta quer viver, um broto de feijão pode começar a brotar sem que ninguém tenha pedido, e se deixá-lo por muito tempo, ele chega até a janela e a arromba, faz rachar o asfalto indo em direção ao sol.

Tudo pelo sol, tudo pela luz, pelo calor, pela reprodução, pela agitação da célula, pela transa, pela população, pelo tremor, pelos vermes e minhocas — todo tipo de distúrbio que berra pra fora, berra para o tempo-espaço plano, a vida mínima que arregaça por sobre o deus sideral silencioso. O deus sideral com sua gravidade que faz tudo cair na mecânica do zero, na queda livre, uma vida inteira perdida pela mesmice do infinito contínuo.

O que acontece com os corpos que ganham um empuxo inicial no grande espaço sideral?

Nos dentes dessa colossal aranha que te seduz e só espera até que todos caiam em sua teia universal?

Esses corpos vão até nunca mais parar, em uma linha reta.

Eles apodrecem depois?

Ninguém se cansa nunca?

Ninguém berra?

Ninguém dá um pause nisso?

Ninguém destroça essa palhaçada?

Ninguém teria compaixão de um astronauta em movimento contínuo indo cada vez mais longe do seu ponto de partida?

Pena da sua desgraça eterna?

Depois do último suor, já desidratado, eu me levanto.

Pular da janela não passou de uma ideia amadora, de um pensamento existencialista. E eu, de verdade, apenas vivo.

O que vem em seguida então? Tomar um banho na expectativa de passar o meu cheiro azedo? Ou eu vou viver sem ninguém por perto? Esse é o problema?

No banheiro, o espelho me diz o que está acontecendo. Estou velho, tenho olheiras e uma barba asiática ridícula. Pelos extremamente grossos que rasgam a minha pele macia do rosto, pra fora, mostrando ao mundo a que vieram, dando um berro de existência...

Que asco! Que face mostruosa! Era isso! Idiota!

... tento ceifar toda essa erupção exterior, surgida no íntimo da minha pele, na minha alma. Esse descuido expressa a minha personalidade, o meu fedor. Um japonês medonho, japonês das trevas, japonês cortiço. Vai raspar, arrancar pela raiz toda a sujeira da cara que se contorce até o limite dela, até o limite do sorriso, até o limite dos olhos abertos pra olhar de dentro a expansão máxima do horror — o butô facial...

Filetes de sangue escorrem no ato de ceifá-los, de fazer voltar o rosto nobre, a minha delicadeza, o meu artesanato, a minha maciez... O ruído puro da garganta saindo.

Tremor. Meu corpo treme e sua novamente, o sangue escorre ainda mais agora, o gilete enferrujado desliza dos meus dedos até a pia, milhões de pregos ceifados caem empapuçados se espalhando por todo o banheiro. Suspensão e queda para os primeiros passos tremulantes que principiam no meu grande palco gélido, plateia inexistente.

Meu pé direito toca o chão, a um passo atrás do espelho. Apoio meu corpo inteiro nesse único pedaço de osso. Tudo treme por esse único fio, por esse único pilar — o mundo todo sobre a ponta do pé!

Preciso segurar, preciso aguentar, cacarejo, cacofonia, minhocas, o meu suor. O meu rosto escorre. Azedume, sangue, baba, espetos, prestes a desabar no arco viajante que a minha outra perna, a esquerda, desenha — dança, para no ápice, trepida. Lá em cima, ela cede meio centímetro e continua. Desce, cai ladeira abaixo vencida pela gravidade.

Os poros liberam ainda mais fluidos, até que novamente a ponta mínima da pata esquerda toca no ladrilho gélido... Tremor. Todo o frio novo sobe dos dedos do pé por sobre a medula óssea até bater no final do crânio. Mandar calor, mandar calor ao pé, sol, oxigênio. A respiração é um ruído esforçado, um fio de vida gutural.

Já no corredor, um passo depois do outro para não cair. Rastros escuros e salgados no taco de madeira até chegar onde deveria ter começado, onde deveria estar desde o início da queda. Onde me esperam.

Na sala, na amplidão do cômodo em penumbra, ali, aqui, de onde vejo todos, finalmente. Na sala onde me esperam. Aqui sim, vocês estão me vendo dar início à minha dança do sangue. O meu balé contorcido aos ávidos do meu despertar público e dos meus gemidos, da arranhada face sem barba, da coluna espiralada, da vórtice ao chão até que se cumpra a inevitável queda sem fim neste centro, habitat suspenso, a queda ao mais profundo chão, à terra, ao magma da fenda gravitacional — e num único empuxo vital, retornar. Lentidão do ciclo. A volta para qualquer coisa perdida; a volta ao banheiro. Encontrar novamente o rosto no espelho, mil vezes desfeito, rubro, e limpar os restos, limpar os pelos e todas as sujeiras e excrementos. A depender da noite, vou tomar uma ducha, me secar e voltar ao quarto, voltar a dormir — quando o público poderá ir embora, quando todos depois da dança vão abrir a porta e sair, na noite enfim chamando ao sono profundo, aos sonhos inadiáveis.

EM BUSCA DAS OUTRAS LÍNGUAS MATERNAS: MARUBO

(*Conjunto de cantos polifônicos e simultâneos de cura* skõki,
começa o canto de Iskõ Tae)

êhê

Vari Waka wera
we reto iniai
ene koĩ wichnãrao
retorave iniai

êhê

(*pausa, sopros, tosses*)

ene mai keneno
ene mavã shokoa
machit awainiai

êhê

ene vai teasho
ene txoa rakáa
watxo itãe kaniaivõ
machit ati awema
ikivomã ikitõ
ene txoa rakáa
machit awainiai
áve ea paríki

ene matso wetsãnõ
ene matso wetsãnõ
matsi awá voshká
veõini otivo
matsi awá voshkapá
teki ina iki

êhê

tsoa mané vitima
tsoa mané vitima
ea veso ayavõ
noa mawa vana
vanakavi yosisho
eri rivi yonã

êhê

ẽ yora shakárao
nea mai shavayash
matõ vana tanai
awẽ aki amainõ
ẽ rome kokavõ
ẽ rome kokavõ
yove rewe kenenõ
vana mekiarao
ato vana yosii

mãta ẽ akai

(*levanta da rede*)

ẽ chinã kenerao
ẽ anõ oĩya
aivo kenese
chinã revõ veyamash
yove kene vetsãi
yove kenematai

êhê

vari waka wera
we retó iniai
ene koĩ wichnara
reto rave iniai

êhê

(*pausa, tosse*)

awesa oĩi
oĩra ikia
nori rivi oĩno

ẽ rome kokavo
ato anõ tsekaa
tseka yosisho
eri rivi anõsho
iki anõ ána

êhê

(pausa, sopros, tosses)

ẽ rome kokavo
ari rivi vanai

êhê

(emenda o canto em um shõki *pra curar um doente mantendo a melodia)*

EM BUSCA DAS OUTRAS LÍNGUAS MATERNAS: MARUBO

(*Conjunto de cantos polifônicos e simultâneos de cura* skõki, *começa o canto de Iskõ Tae.*)

ê-he-hé-hü-he-hã-hã

vento vento rio-sol
contra o vento eu vou
névoa névoa nuvem-rio
contra a névoa agora vou

ê-he-hé-hü-he-hã-hã
ê-he-hü-he-hü-he-he
ê-he-hé-hü-he-hã-hã

eu pulando agora vou
'spinho-rio a se fincar
no traço da terra-rio

ê-he-hü-he-hü-he-he…

raia-rio escomunal
que fechou a via-rio
a pessoa moça assim
não consegue mais pular
isso dizem por aí
mas pulando agora vou
raia-rio escomunal
sou assim e sempre fui

noutro morro desse rio
noutro morro desse rio *ene matô wetsãnõ*
colocaram tempo atrás
as argilas de anta-frio
sobem sobem sem parar *matsi awá voshkapá*
as argilas de anta-frio *teki ina iki*

ê-he-hé-hü-he-hã-hã
ê-he-hü-he-hü-he-he…

os que ensinam a cantar
os que ensinam a cantar *tsoa mané vitima*

ê-he-hü-he-hü-he-he
ê-he-hé-hü-he-hã-hã

fazem minha proteção
sua fala eu aprendi
falas lá do sabiá
como estou a te contar *eri rivi yonã*

ê-he-hé-hü-he-hã-hã
ê-he-hü-he-hü-he-he...

meu corpo-carcaça aí
na morada de vocês
imitou a fala bem
nesse tempo sucedeu
que os meus tios-espírito
que os meus tios-espírito ẽ *rome kokavõ*
com traço de voz-além
arrumaram o falar
e ensinaram fala ao tal

mas eu bem entendi

ê-he-hé-hü-he-hã-hã

esse traço do pensar
esse traço do pensar ẽ *chinã kenerao*
é que eu uso para ver
eis o traço que se fez
dentro do meu coração *chinã revõ veyamash*
era igual um traço-além
desigual do traço-além

ê-he-hé-hü-he-hã-hã

vento vento rio-sol *Vari Waka wera*
contra o vento eu vou *we retó iniai*
névoa névoa nuvem-rio *ene koĩ wichnara*
contra a névoa agora vou *reto rave iniai*

ê-he-hü-he-hü-he-he
ê-he-hé-hü-he-hã-hã

mas então o que será
que eu ali encontrarei?
juntos vamos descobrir

os meus tios-espírito
aprenderam a expurgar
expurgar a qualquer mal
assim fazem pra que eu
faça tudo assim também

ê-he-hé-hü-he-hã-hã
ê-he-hü-he-hü-he-he
ê-he-hé-hü-he-hã-hã

os meus tios-espírito
me falaram bem assim

ê-he-hü-he-hü-he-he

(*Emenda o canto em um* shõki *para curar um doente, mantendo a melodia.*)

Tradução de Guilherme Gontijo Flores

BI O GRA FI AS

Seção-peixe

Valério Pereliéchin nasceu em Irkutsk, Rússia, em 1913. Emigrou para a China com a mãe ainda muito novo, e então para o Brasil, onde naturalizou-se brasileiro em 1954, passando a escrever em russo e português. Os poemas aqui apresentados foram escritos originalmente em português e publicados no volume pouquíssimo conhecido *Nos odres velhos* (1983). Tem vasta obra inédita no Brasil. Morreu no Rio de Janeiro em 1992.

Maria Lúcia Alvim nasceu em Araxá, Minas Gerais, em 1932. Publicou *XX sonetos* (1959), *Coração incólume* (1968), *Pose* (1968), *Romanceiro de Dona Beja* (1979), *A rosa malvada* (1980), *Vivenda: 1959-1989* (1990) e *Batendo pasto* (2020). Os poemas aqui apresentados são do livro inédito *Rabo de olho*. Morreu em Juiz de Fora, Minas Gerais, em 2021.

Sebastião Nunes nasceu em Bocaiúva, Minas Gerais, em 1938. Publicou os volumes de poemas *Última Carta da América* (1968), *A Cidade de Deus* (1970), *Finis Operis* (1973), *Zovos* (1977), *O Suicídio do Ator* (1978), *Serenata em B Menor,* (1979), *A Velhice do Poeta Marginal* (1983), *Antologia Mamaluca 1 & Poesia Inédita* (1988) e *Antologia Mamaluca 2 & Poesia Inédita* (1989).

Lu Menezes nasceu em São Luís do Maranhão em 1948. Publicou *O amor é tão esguio* (1980), *Abre-te, rosebud!* (1996), *Onde o céu descasca* (2011), *Gabinete de Curiosidades* (em parceria com Augusto Massi, 2016) e *Querida holandesa de Vermeer* (2020).

Eustáquio Gorgone nasceu em Caxambu, Minas Gerais, em 1949. Publicou *Delirium tremens* (1974), *Tear de Imagens* (1990), *Passagens na orfandade* (1997), *Ossos naives* (2004) e *Manuscritos de Pouso Alto* (2004) , entre outros. Morreu em São Paulo em 2012.

Horácio Costa nasceu em 1954 em São Paulo. Publicou *28 Poemas / 6 contos* (1981), *Satori* (1989), *O Livro dos Fracta* (1990), *The Very Short Stories* (1991), *O Menino e o Travesseiro* (1998), *Quadragésimo* (1999), *Fracta - Antologia Poética* (2004), *Paulistanas / Homoeróticas* (2007), *Ravenalas* (2008), *Ciclópico olho* (2011), *Bernini* (2013) e *A hora e a vez de Candy Darling* (2016), entre outros.

Leda Maria Martins nasceu no Rio de Janeiro em 1955. Publicou os volumes de poemas *Cantigas de amares* (1983) e *Os dias anônimos* (1999). Também importante teórica do teatro e da performance, assim como da história do povo afro-brasileiro, publicou ainda *O Moderno Teatro de Qorpo-Santo* (1991), *A cena em sombras* (1995) e *Afrografias da memória: O Reinado do Rosário no Jatobá* (1997), entre outros.

Josely Vianna Baptista nasceu em Curitiba, Paraná, em 1957. Publicou *Ar* (1991), *Corpografia* (1992), *Outro* (2001), *Sol sobre nuvens* (2007) e *Roça Barroca* (2011). Tradutora de poesia hispano-americana e ameríndia.

Jussara Salazar nasceu no Recife, Pernambuco, em 1959. Publicou os livros *Inscritos da Casa de Alice* (1999), *Baobá, Poemas de Leticia Volpi* (2002), *Natália* (2004), *Coloraurisonoros* (2008) e *Carpideiras* (2011), entre outros.

Ricardo Aleixo nasceu em Belo Horizonte, Minas Gerais, em 1960. Publicou *Festim* (1992), *A Roda do Mundo* (com Edimilson de Almeida Pereira, 1996), *Quem faz o quê?* (1999), *Trívio* (2001), *A aranha Ariadne* (2003) e *Máquina zero* (2004), *Modelos vivos* (2010), *Mundo palavreado* (2013), *Antiboi* (2017) e *Pesado demais para a ventania* (2018).

Plinio Fernandes Toledo nasceu em Baependi, Minas Gerais, em 1961. É inédito em livro.

Dora Sampaio, antes conhecida como Dora Ribeiro, nasceu em Campo Grande, Mato Grosso do Sul, em 1960. Publicou *Ladrilho de palavras* (com Lélia Rita Figueiredo Ribeiro, 1984), *Começar e o fim* (1990), *Bicho do mato* (2000), *Taquara rachada* (2002), *A teoria do jardim* (2009) e *Olho empírico* (2011).

Eliane Marques nasceu em Santana do Livramento, Rio Grande do Sul, em 1970. Publicou *Relicário* (2010), *e se alguém o pano* (2015) e *O poço das Marianas* (2021).

Djami Sezostre nasceu em Rio Paranaíba, Minas Gerais, em 1971. Publicou *Lágrimas & orgasmos* (1986), *Águas Selvagens* (1990), *Dissonâncias* (1993), *Moinho de Flechas* (1994), *Solo de Colibri* (1997), *Pardal de Rapina* (1999), *Anu* (2001), *Cachaprego* (20 04), *Estilhaços no Lago de Púrpura* (2006), *Z a Zero* (2010), *Onze Mil Virgens* (2014), *Cavalo & Catarse* (2016), *Óbvio Oblongo* (2019), *O pássaro zero* (2020) e *Oh Cahtahrahkwyh o som da Via Láctea* (2021), entre outros.

Marcello Sahea nasceu no Rio de Janeiro em 1971. Publicou os livros *ejs* (2001), *carne viva* (2003), *Leve* (2006), *Nada a dizer* (2010) e *Objeto Intersemiótico* (2021). Gravou os álbuns *Pletórax* (2011) e *Preparando Meu Próximo Erro* (2020). É o criador do logo da revista *Peixe-boi.*

Jorgeana Braga nasceu em São Luís do Maranhão em 1975. Publicou *Janelas que escondem espíritos* (1997) e o volume em prosa *A casa do sentido vermelho* (2012).

Dirceu Villa nasceu em São Paulo em 1975. Publicou *MCMXCVIII* (1998), *Descort* (2000), *Icterofagia* (2008), *Transformador* (2014) e *couraça* (2020), entre outros.

Carla Diacov nasceu em São Bernardo do Campo, São Paulo, em 1975. Publicou *Amanhã alguém morre no samba* (2015), *ninguém vai poder dizer que eu não disse* (2016), *bater bater no yuri* (2017), *A munição compro depois* (2018), *A menstruação de Valter Hugo Mãe* (2017) e *pescoço x sobreviventes* (2021).

André Capilé nasceu em Barra Mansa, Rio de Janeiro, em 1978. Publicou *Rapace* (2012), *Balaio* (2014), *Muimbu* (2017), *Chabu* (2019), *Rebute* (2019) e *Azagaia* (2021).

Preto Matheus nasceu em Manhuaçu, Minas Gerais, em 1978. Tem atuado na cena de Belo Horizonte há quase duas décadas. Em 2009 foi co-fundador do coletivo de arte urbana 4e25. Atualmente dirige, junto com Miguel Javaral, a editora experimental SQN Biblioteca.

Tatiana Pequeno nasceu no Rio de Janeiro em 1979. Publicou as coletâneas *Réplica das urtigas* (2009), *Aceno* (2014) e *onde estão as bombas* (2019).

Érico Nogueira nasceu em Bragança Paulista, São Paulo, em 1979. Publicou *O Livro de Scardanelli* (2008), *Dois* (2010) e *Poesia bovina* (2014), além do romance *Contra um bicho da terra tão pequeno* (2018), entre outros.

Lívia Natália nasceu em Salvador, Bahia, em 1979. Publicou *Água Negra* (2010), *Correntezas e Outros Estudos Marinhos* (2015), *Água Negra e Outras Águas* (2016) e *Dia Bonito pra Chover* (2017), entre outros.

Juliana Krapp nasceu no Rio de Janeiro em 1980. Tem poemas publicados em revistas como *Inimigo Rumor* e *Modo de Usar & Co.*, mas é inédita em livro.

Érica Zíngano nasceu em Fortaleza, Ceará, em 1980. Publicou o livro *fio, fenda, falésia* (2010), com Roberta Ferraz, e, na Alemanha, o livro *Ich weiß nicht warum. Zeichnungen und Texte für Unica Zürn* (2013).

Diogo Cardoso nasceu em São Bernardo do Campo, São Paulo, em 1983. Publicou o livro *Sem lugar a voz* (2016).

Rita Isadora Pessoa nasceu no Rio de Janeiro em 1984. Publicou *A Vida nos Vulcões* (2016), *Mulher sob a Influência do Algoritmo* (2018) e *Madame Leviatã* (2020).

Stephanie Borges nasceu no Rio de Janeiro em 1984. Publicou *Talvez Precisemos de um Nome Para Isso* (2019). É tradutora de poetas afro-americanas como Audre Lorde e Claudia Rankine.

Denilson Baniwa é um artista visual ameríndio brasileiro, nascido em Barcelos, Amazonas, em 1984. Vencedor do PIPA Online 2019. Vive e trabalha em Niterói, Rio de Janeiro.

Tom Nóbrega é um poeta e artista visual brasileiro, nascido em São Paulo em 1984. Vem trabalhando no seu primeiro livro, intitulado *Eu sou meu lobisomem.*

Rodrigo Lobo Damasceno nasceu em Feira de Santana, Bahia, em 1985. Publicou *Casa do Norte* (2020).

Luis Gustavo Cardoso nasceu em Franca, São Paulo, em 1986. Publicou *Noite grande* (2017), além do importante estudo "O Violeiro e o Diabo: presença do pacto fáustico nas tradições caipiras".

Philippe Wollney nasceu em Goiana, Pernambuco, em 1987. Publicou *Mas esse ano eu não morro* (2016), *Ruinosas Ruminâncias* (2017), *Desassossego: Poemas para desastres sentimentais* (2018) e *Trago é guerra dentro de mim* (2019), entre outros.

Anelise Freitas nasceu em Lima Barreto, Minas Gerais, em 1987. Publicou *Vaca contemplativa em terreno baldio* (2011), *O tal setembro* (2013) e *Pode ser que eu morra na volta* (2015) e *Sozé* (2018).

Luca Argel nasceu no Rio de Janeiro em 1988. Publicou *Esqueci de fixar o grafite* (2012), *Topadas no escuro* (2015), *Uma pequena festa por uma eternidade* (2016), *Fui ao inferno e lembrei de você* (2019).

Victor Heringer nasceu no Rio de Janeiro em 1988. Publicou a coletânea de poemas *Automatógrafo* (2012) e os romances *Glória* (2013) e *O amor dos homens avulsos* (2016). Victor Heringer morreu no Rio de Janeiro em 2018. O volume *Vida desinteressante: fragmentos de memória* (2021) foi lançado postumamente, com organização de Carlos Henrique Schroeder, reunindo suas crônicas.

Frederico Nercessian nasceu em São Paulo em 1988. Publicou *Casa vazia* (2015). Seu novo livro, *Pélago*, está no prelo. É o cozinheiro chefe do restaurante de culinária armênia *Hay Esfihas.*

Diego Alves Amancio nasceu em Londrina, Paraná, em 1988. É inédito em livro.

Flávio Morgado nasceu no Rio de Janeiro em 1989. Publicou *um caderno de capa verde* (2012), *uma nesga de sol a mais* (2016), *preciso* (2019) e *Quero te dar o corpo total dos dias* (2020), com pinturas de Marcela Cantuária.

Allan Jonnes nasceu em Lagarto, Sergipe, em 1990. Publicou *Areia para engrenagens* (2021).

Caetano Costa nasceu no Recife, Pernambuco, em 1992. É artista visual e membro do Coletivo Carni. Realizou sua primeira exposição individual intitulada "Franqueza" na Galeria Maumau em julho de 2018.

João Gabriel Madeira Pontes nasceu no Rio de Janeiro em 1992. Publicou *Saúvas avulsas* (2018) e *Manobra de Heimlich* (2021), entre outros.

Caetano Romão nasceu em Ribeirão Preto, São Paulo, em 1997. Publicou a plaqueta Canil (2019), e terá sua estreia em 2021 pela editora 7Letras.

Seção-boi

Harry Laus nasceu em Tijucas, Santa Catarina, em 1922. Publicou, entre outros, *Ao Juiz dos Ausentes* (1961), *Monólogo de uma Cachorra sem preconceitos* (1978) e *As Horas de Zenão das Chagas* (1987), entre outros. Harry Laus morreu em Florianópolis em 1992.

Hilda Machado nasceu no Rio de Janeiro em 1951. Cineasta e professora de cinema, teve sua poesia publicada postumamente no volume *Nuvens* (2018). Publicou também um estudo biográfico de Laurinda Santos Lobo (1878-1946), a mecenas conhecida como "marechala da elegância", que costumava reunir intelectuais e artistas em seu palacete em Santa Teresa.

Silviano Santiago nasceu em Formiga, Minas Gerais, em 1936. Publicou *O olhar* (1974), *Em liberdade* (1981), *Stella Manhattan* (1985), *De cócoras* (1999), *Heranças* (2008), *Mil rosas roubadas* (2015) e *Machado* (2016), entre outros.

Edimilson de Almeida Pereira nasceu em Juiz de Fora, Minas Gerais, em 1963. Publicou *Árvore dos Arturos & outros poemas (*1988), *Rebojo* (1995), *Águas de Contendas* (1998), *Signo Cimarrón* (2005), *Homeless* (2010), *qvasi: segundo caderno* (2017) e o romance *O ausente* (2020), entre outros. Teve sua obra poética reunida em 4 volumes em 2002 e 2003: *Zeosório blues: obra poética I*; *Lugares ares: obra poética 2*; *Casa da palavra: obra poética 3*; *As coisas arcas: obra poética 4*.

Gustavo Pacheco nasceu no Rio de Janeiro em 1972. Publicou *Alguns humanos* (2018).

Veronica Stigger nasceu em Porto Alegre, Rio Grande do Sul, em 1973. Publicou *O trágico e outras comédias* (2003); *Gran cabaret demenzial* (2007), *Os anões* (2010), *Opisanie swiata* (2013), *Sul* (2016) e *Sombrio ermo turvo* (2019).

João Filho nasceu em Bom Jesus da Lapa, Bahia, em 1975. Publicou *Encarniçado* (2004), *As Três Sibilas* (2009), *Ao Longo da Linha Amarela* (2009), *Dicionário Amoroso de Salvador* (2014), entre outros.

Fabiana Faleiros nasceu em Pelotas, Rio Grande do Sul, em 1980. Publicou *O pulso que cai e as tecnologias do toque* (2016). A publicação é parte do projeto Mastur Bar, com o qual participou da 10 Berlin Biennale em 2018 e de mostras e festivais em Cuba, Colômbia, Áustria e Brasil. Em 2014 foi selecionada para a residência FUNDAJ, na qual realizou a exposição individual Museu da Polícia Militar.

Ismar Tirelli Neto nasceu no Rio de Janeiro em 1985. Publicou *synchronoscopio* (2008), *Ramerrão* (2011), *Os ilhados* (2015), *Os postais catastróficos* (2018) e *Alguns dias violentos* (2020).

Rui R. nasceu em 1991 e publicou o romance *Escato* (2021).

Frederico Klumb nasceu no Rio de Janeiro em 1990. Publicou *Máquinas mancas da manhã* (2018) e *Bichos contra a vontade* (2019).

Eduardo Heringer nasceu no Rio de Janeiro em 1991. Publicou *Estrada do Excelsior: Manifesto da escola artística do Alto da Boa Vista* (2020).

Lucas Miyazaki nasceu em São Paulo em 1994. Publicou *Elefantes* (2015) e *Celular. quitinete.rua* (2017).

Sobre os tradutores

Rafael Maxakali, **Pinheiro Maxakali**, **Isael Maxakali** e **Suely Maxakali** são professores Maxakali, membros do programa Formação Intercultural de Educadores Indígenas-FIEI, um projeto experimental da Universidade Federal de Minas Gerais. **Mamey Maxakali** e **Totó Maxakali** são pajés do povo Maxakali, povo indígena que vive no Vale do Mucuri, em Minas Gerais, falantes da língua Maxakali, do tronco linguístico Macro-Jê. Eles foram responsáveis pela tradução do *Canto-espírito do lobo*, publicado no volume *Hitupmã'ax / Curar* (MAXAKALI, R. et al., 2008). A tradução foi cedida gentilmente em diálogo com **Charles Bicalho**.

Bruna Franchetto nasceu em 1950, e desenvolve há muitos anos um trabalho de tradução focado na poética feminina do povo Kuikuro. Neste trabalho, é sempre auxiliada por mulheres do povo Kuikuro, e, na tradução aqui apresentada, contou com auxílio tradutório de **Kanu Kuikuro**, **Magia Kuikuro** e **Jamalui Mehinaku**.

Guilherme Gontijo Flores nasceu em Brasília, Distrito Federal, em 1984. Publicou *brasa enganosa* (2013), *Tróiades* (2015), *l'azur Blasé* (2016), *Naharia* (2017), *carvão : : capim* (2018), *avessa: áporo-antígona* (2020) e *Todos os nomes que talvez tivéssemos* (2020), além do romance *História de Joia* (2019). Como tradutor, publicou, entre outros: *A anatomia da melancolia*, de Robert Burton (4 vols., 2011-2013), *Elegias de Sexto Propércio* (2014), *Fragmentos completos de Safo* (2017), *Epigramas de Calímaco* (2019) e *Pantagruel e Gargântua*, de Rabelais (Editora 34, 2021).

As biografias para os tradutores **Josely Vianna Baptista** e **André Capilé**, o leitor da revista encontra acima, entre os autores.

Títulos das Edições Jabuticaba

Discoteca Selvagem Cecilia Pavón
trad. Mariana Ruggieri e Clarisse Lyra

Estrelas brilham, mastigam lixo Reuben
posfácio Júlia de Carvalho Hansen

Sereia no copo d'água Nina Rizzi
posfácio Estela Rosa

Por qual árvore espero Eileen Myles
trad. Mariana Ruggieri, Camila Assad e Cesare Rodrigues

Variações sobre tonéis de chuva Jan Wagner
trad. Douglas Pompeu

A invenção dos subúrbios Daniel Francoy
posfácio Guilherme Gontijo Flores

Que tempos são estes Adrienne Rich
trad. Marcelo F. Lotufo

Por trás e pela frente primeiro Kurt Schwitters
trad. Douglas Pompeu

As Helenas de Troia, NY Bernadette Mayer
trad. Mariana Ruggieri

O método Albertine Anne Carson
trad. Vilma Arêas e Francisco Guimarães

O hábito da perfeição Gerard Manley Hopkins
trad. Luís Bueno

Os elétrons (não) são todos iguais Rosmarie Waldrop
trad. Marcelo F. Lotufo

Cálamo Walt Whitman
trad. Eric Mitchell Sabinson

Nocaute / 6 poetas / Cuba / hoje org. José Ramón Sánchez
trad. Rodrigo A. do Nascimento e Mariana Ruggieri

Moldávia Timo Berger
trad. Douglas Pompeu

A história do leite Mónica Ojeda
trad. Ayelén Medail

Ova Completa Susana Thénon
trad. Angélica Freitas

Sotto Vocce e outros poemas John Yau
trad. Marcelo Lotufo

Diário de Classe Antonio Arnoni Prado
apresentação Vilma Arêas

Percurso livre médio Ben Lerner
trad. Maria Cecilia Brandi

O velho que não sente frio Daniel Francoy

Vontade de ferro Nikolai Leskov
trad. Francisco de Araújo

Cidadã Claudia Rankine
trad. Stephanie Borges

X, Y, Z Carolina Tobar
trad. Marcelo Lotufo

Cada um a seu modo Marcelo Lotufo
posfácio Vilma Arêas

Mundo Barbie Denise Duhamel
trad. Miriam Adelman, Julia Raiz, Emanuela Siqueira

Os meus poemas não mudarão o mundo Patrizia Cavalli
trad. Cláudia T. Alves

Próximos lançamentos

Filhos de Adão Walt Whitman
trad. Eric Mitchell Sabinson

No ano de 2040: poemas Valéri Pereléchin
org. Bruno Gomide e Rodrigo A. do Nascimento
trad: Letícia Mei

Virá a morte e terá os teus olhos Cesare Pavese
trad. Cláudia T. Alves e Elena Santi

Pastores e mestres Ivy Compton-Burnett
trad. Vilma Arêas e Francisco Guimarães

Bate um coração I Acevedo
trad. Paloma Vidal

Dados Internacionais de Catalogação na Publicação (CIP) de acordo com ISBD

P379 Peixe-boi: revisa de prosa e poesia / Vários autores ; organizado por Ricardo Domeneck. - São Paulo : Edições Jabuticaba, 2021.
214 p. : il. ; 19cm x 26cm. – (Revista Peixe-boi ; v.1)

Tradução de: Peixei-boi
Inclui índice.
ISBN: 978-65-00-32952-0

1. Literatura brasileira. I. Domeneck, Ricardo. II. Título.

2021-3927 CDD 869.8992
CDU 821.134.3(81)

Elaborado por Odilio Hilario Moreira Junior - CRB-8/9949

Índice para catálogo sistemático:
1. Literatura brasileira 869.8992
2. Literatura brasileira 821.134.3(81)

ISBN 978-65-00-32952-0

Livro composto em Avenir e Garamond e impresso em papel off white soft pela gráfica Forma Certa em dezembro de 2021, ano em que comemoramos os 120 anos do nascimento de Cecília Meireles (1901-1964), os 90 anos de Augusto de Campos, os 80 anos de Leonardo Fróes e de Stela do Patrocínio (1941-1997) e os 70 anos de Hilda Machado (1951-2007).